LA NUIT DES GIRONDINS

Jacques Presser

La Nuit des Girondins

traduit du néerlandais
par S. Margueron

Préface de Primo Levi

Ouvrage publié avec le concours
de la " Foundation for the Promotion
of the Translation of Dutch Literary Works "

MAURICE NADEAU

Cet ouvrage a paru
en langue originale chez
Vitgeverij Meulenhoff Nederland bv, Amsterdam
sous le titre :
De Nacht der Girondijnen

ISBN 2-86231-090-5

Note de l'éditeur

Jacques Presser est né en 1899 dans le quartier juif d'Amsterdam. Enfant, il voit la lutte des ouvriers diamantaires socialistes qui prônent l'abandon de la foi et des coutumes juives par une intégration totale. Il lui en restera une empreinte marxiste.

Après avoir travaillé comme employé de bureau, il se voit offrir, en raison de ses dispositions pour l'histoire, la possibilité de poursuivre ses études à l'université. Il soutient sa thèse en 1926, est nommé professeur dans un lycée d'Amsterdam, se lie avec l'historien Jan Romein, une personnalité de premier plan.

Ses principales œuvres ont pour objet l'antisémitisme (1939), la guerre de libération des Pays-Bas au XVIe siècle (publiée en 1943 sous un pseudonyme), Napoléon (1946), l'Amérique du Nord (1949).

En 1940, il avait tenté de s'évader, avec sa femme, et de gagner l'Angleterre. Comme tant d'autres Juifs néerlandais, il tente ensuite de se donner la mort. Il a été démis de son poste et affecté au « lycée juif » créé par les Allemands. En 1943, sa femme se fait arrêter avec de faux papiers. Elle est envoyée au camp de transit de Westerbork, puis déportée au camp de Sobibor. Lui-même vit dans la clandestinité.

A la Libération, il est nommé à l'Université d'Amsterdam, mais se voit opposer un veto de la Couronne – veto qui cause un certain scandale – en raison de son attitude critique à l'égard de la politique néerlandaise en Indonésie. Finalement, en 1950, il succède à Jan Romein dans la chaire d'histoire contemporaine de l'Université d'Amsterdam.

Les archives d'État lui permettent d'amasser quantité de matériaux sur l'histoire de la persécution des Juifs aux Pays-

Bas durant la guerre. Au moment de rédiger cette histoire, il se sent paralysé par un « sentiment de culpabilité auquel aucun survivant ne peut échapper ». C'est alors, en 1957, qu'on lui propose de rédiger anonymement, sur un sujet de son choix, un ouvrage qui sera offert en décembre par les éditeurs comme « livre de l'année ». Il s'attelle à un récit romancé sur Westerbork dont il a exploré les moindres détails pour revivre les derniers moments de sa femme. Il l'intitule *la Nuit des Girondins*.

Dans *la Nuit des Girondins,* Jacques Presser analyse en outre les sentiments d'un Juif en voie d'assimilation, prêt à toutes les compromissions, et qui, peu à peu, retrouve son appartenance au peuple juif en même temps qu'il ressent la honte de s'en être désolidarisé. De même que dans la fiction, son héros se libère de l'humiliation par une gifle à son supérieur allemand, Jacques Presser se sent en mesure, après *la Nuit des Girondins,* de rédiger sa grande œuvre sur la persécution des Juifs néerlandais durant la guerre. Elle paraît en 1965 sous le titre *Anéantissement.* C'est un monument.

Un égal succès a accueilli *la Nuit des Girondins* et *Anéantissement.* En 1969, Élie Wiesel remet en personne à l'auteur la Médaille du Souvenir au nom de la Fédération des anciens de Bergen-Belsen.

Jacques Presser meurt en 1970 après une brève maladie.

L'édition italienne de *la Nuit des Girondins* est précédée d'une préface de Primo Levi. Nous remercions les éditions Adelphi de nous avoir permis de la reproduire.

Préface

Je suis tombé sur ce récit par hasard, il y a plusieurs années; je l'ai lu, relu plusieurs fois, et il ne m'est plus sorti de l'esprit. Peut-être cela vaut-il la peine d'en rechercher la cause : les raisons pour lesquelles on s'attache à un livre peuvent être multiples, quelques-unes déchiffrables et rationnelles, d'autres obscures et profondes.

Je ne crois pas qu'il s'agisse du *comment* cette histoire est racontée. Elle est racontée de manière inégale, avec maîtrise pour certaines pages, pour d'autres avec un certain étalage d'intellectualisme, avec un métier littéraire un peu trop chargé d'astuces et d'artifices. Elle est cependant à l'évidence véridique, point par point, épisode par épisode (de nombreuses autres sources la confirment, et celui qui a été à Auschwitz y a retrouvé les « passagers » rescapés du train de Westerbork), à tel point que, malgré son déroulement romanesque, elle revêt le caractère d'un document; mais son importance ne vient pas seulement de là.

Cette œuvre brève est parmi les rares qui représentent avec une certaine dignité littéraire le judaïsme européen occidental. Alors qu'il existe une littérature abondante et glorieuse du judaïsme oriental, ashkénaze, yiddish, la branche occidentale, profondément intégrée dans les cultures bourgeoises allemande, française, néerlandaise, italienne, a généreusement contribué à celles-ci, mais s'est rarement représentée elle-même. C'est un judaïsme conditionné par la dispersion, et donc peu unitaire; il est tellement mêlé à la culture du pays-hôte qu'il ne possède pas, comme on sait, de langue propre. Il a été philosophe avec les Lumières, romantique avec le romantisme, libéral, socialiste, bourgeois, nationaliste; cependant, à travers toutes les métamorphoses dues au temps et au lieu, il a conservé certains traits qui le caractérisent, et ce livre les reproduit.

Le Juif occidental, tendu et tiraillé entre les deux pôles de la fidélité et de l'assimilation, est dans une éternelle crise d'identité, et de là proviennent, tout aussi éternelles, ses névroses, sa faculté d'adaptation et sa subtilité. La figure du Juif content de sa judéité, à qui son judaïsme suffit (l'immortel Tévié le laitier, de Schalom Alechem), est en Occident rare ou inexistante.

Ce livre est un récit de crise d'identité : le protagoniste la subit avec une telle intensité qu'il est divisé en deux. Vivent en lui le « moi » Jacques, assimilé, lié à la terre de Hollande mais non au peuple hollandais, intellectuel versatile et décadent, sentimentalement immature, politiquement suspect, moralement nul, et le « moi » Jacob, repris par le passé grâce à l'action et à l'exemple du « rabbin » Hirsch, qui puise de la force dans ses racines juives jusque-là ignorées ou niées, et qui se sacrifie pour sauver du néant ce Livre auquel Jacques ne croit pas. A combien de Juifs d'Europe n'est-il pas arrivé la même chose? A combien d'entre eux n'est-il pas arrivé de reconnaître, dans le besoin, un soutien et une charpente morale justement dans cette culture judaïque qui durant les années de répit avait paru vieillie et dépassée? Hirsch le dit à Jacques : le fil de fer barbelé est un fil qui lie, et qui lie solidement. Je ne veux pas dire que le retour à l'origine soit l'unique voie de salut : mais certainement c'en est une.

Une autre raison qui donne du poids à ce récit tient à son audace. Dans quelques pages impitoyables, il semble même que l'auteur, le vrai, participe de cette « haine de soi juive » (autre aspect de la crise d'identité) que le père Henriques attribue à son fils et à sa femme, et qui a donné naissance aux nombreux Juifs antisémites de l'Occident européen, par exemple à Weininger ici évoqué et admiré par Georg Cohn. S'entendre rappeler qu'à Westerbork existait et agissait un homme tel que Cohn, c'est comme une brûlure, et le fait mérite un commentaire. De tels individus ont existé, et il est certain qu'il en existe encore parmi nous à l'état virtuel; dans des conditions normales, on ne peut les reconnaître (Cohn lui-même voulait devenir banquier), mais une persécution sans pitié les développe et les amène à la lumière et au pouvoir. Il est naïf, absurde et historiquement faux de croire qu'un système démoniaque, tel que le national-socialisme, sanctifie ses victimes : il les dégrade, au contraire, et les salit, il les rend semblables à lui, et cela d'autant plus qu'elles sont plus disponibles, blanches, dépourvues d'une ossature politique ou morale. Cohn est haïssable, il est monstrueux, il est à punir, mais sa faute est le reflet d'une autre faute bien plus grave et générale.

Ce n'est pas un hasard si précisément au cours de ces dernières années, en Italie comme à l'étranger, on a publié des livres comme *Menschen in Auschwitz* de H. Langbein et *Dans ces ténèbres* de Gitta Sereny : de nombreux signes font penser que le moment est venu d'explorer l'espace qui sépare les victimes des bourreaux, et de le faire avec plus de délicatesse, et avec un esprit moins trouble, que cela n'a été fait par exemple dans quelques films récents bien connus. Seule une rhétorique manichéenne peut soutenir que cet espace soit vide; il ne l'est pas, il est parsemé de figures abjectes, misérables ou pathétiques (parfois, elles possèdent les trois qualités en même temps), qu'il est indispensable de connaître si nous voulons connaître l'espèce humaine, si nous voulons savoir défendre nos âmes au cas où une épreuve semblable devrait se reproduire.

Il existe une contagion du mal : celui qui est non-homme déshumanise les autres, chaque crime irradie, se propage, corrompt les consciences et s'entoure de complices enlevés par la peur ou la séduction (comme Suasso) au camp adverse. C'est typique d'un régime criminel, tel que le nazisme, d'affaiblir et de confondre nos capacités de jugement. Est-il coupable celui qui dénonce sous la torture? Ou celui qui tue pour ne pas être tué? Ou le soldat sur le front russe qui ne sait pas déserter? Où tracerons-nous la ligne qui coupe en deux l'espace vide dont je parlais, et qui sépare le faible de l'infâme? Peut-on juger Cohn?

Eh bien, le sens du livre est que l'on peut juger Cohn. Son discours sur « le navire qui prend l'eau » est captieux; ainsi que son affirmation (combien de fois l'avons-nous entendue!) : « Si je ne le faisais pas moi, c'est un autre pire que moi qui le ferait. » On *doit* refuser, on le peut toujours, en toute circonstance, même si ce doit être en suivant la voie de Mlle Wolfson. Celui qui ne refuse pas (mais il faut refuser dès le début, ne pas mettre la main dans l'engrenage) finit par céder à la séduction de passer de l'autre côté : il y trouvera, dans la meilleure des hypothèses, une gratification trompeuse et un salut destructeur.

Cohn est coupable, mais il a une circonstance atténuante. La conscience généralisée que devant la violence on ne cède pas, mais que l'on résiste, est d'aujourd'hui, est de l'après, n'est pas de ce temps-là. L'impératif de la résistance a mûri avec la résistance et avec la tragédie planétaire de la Deuxième Guerre mondiale; avant, c'était le précieux apanage de quelques-uns. Aujourd'hui non plus ce n'est pas le fait de tous, mais aujourd'hui celui qui veut entendre peut entendre, et il me semble que ce livre peut l'aider.

Ce n'est pas parce qu'on s'attache à un livre, ou à une personne, que l'on n'en voit plus les défauts. Ce livre en a, et peut-être de graves; le style est incertain, il oscille entre l'émotion et le badinage [1]; on a souvent l'impression que l'auteur Presser n'est pas à l'abri du baroquisme littéraire de son alter ego Henriques et de son besoin frénétique de placer des citations même

1. En français dans le texte.

au moment de mourir; parfois, devant l'horreur de certaines situations, on trouve de la complaisance là où l'on attendrait pudeur et silence. Bref, c'est un livre discutable, et peut-être scandaleux, mais il est bon que les scandales arrivent, car ils provoquent la discussion et éclairent les consciences.

Primo Levi

Traduit de l'italien
par Françoise Asso

Je veux encore une fois tenter ma chance. Peut-être le problème restera-t-il insoluble, comme il y a quinze jours, comme la semaine dernière. Deux fois déjà j'ai déchiré un peu de mon précieux papier. Maintenant, c'est mon dernier espoir; repousser, remettre à plus tard, ce m'est désormais impossible, confiné que je suis dans le block disciplinaire, avec la certitude de *« nach Osten abzurollen! »* (de partir pour l'Est), pour employer le vocabulaire de Cohn. Si n'est pas organisé un convoi extraordinaire – *« organisieren heiszt improvisieren, Suasso! »* (organiser, ça veut dire improviser, Suasso!) – il me reste six, sept jours, et il n'est pas certain que je puisse poursuivre mon problème jusqu'au point d'entrevoir une solution, bonne ou mauvaise, – en tout cas cette solution que par deux fois je n'ai pas été en mesure de trouver, bonne ou mauvaise.

Bonne ou mauvaise, ni bonne ni mauvaise. Elle me gêne, la résonance de ces syllabes. Il faut qu'avant tout je place devant mes yeux un écriteau sur lequel sera écrit : *Je ne suis pas fou.* Je ne peux absolument pas m'en passer. A vrai dire, je suis convaincu de disposer de toute ma raison. La seule inquiétude qui subsiste en moi provient de ce besoin de toujours l'affirmer. Pas fou donc. Si seulement il n'en était pas ainsi, tout serait plus simple, et peut-être renoncerais-je à ces exercices d'écriture. Je dois me cramponner au fait que je suis normal et qu'une de mes motivations pour ce travail est justement...

Stop. « Motivations, motivations, motivations », les accents de ce maudit trimètre, du genre de « disciplinaire », « soupe aux navets », « colonn' de feu », me martèlent la tête, quatre syllabes d'un de ces mots qui veulent vous imposer leur sens. Ça ne cesse de résonner dans ma tête, de façon peu bruyante certes, mais insistante : toc toc, toc toc. Et voilà que ça recommence : court-circuit : sur un mot.

Exactement comme lors de cette curieuse affaire, il y a mille ans de ça, quand, une semaine avant le début de la guerre, le 1er mai 1940 (1940, je crois rêver !) j'ai bousillé la petite DKW de Mère : toc toc, toc toc, a dit la boîte de vitesses et moi je suis resté bloqué. « Motivations », « motivations », jusqu'aux mots qui menacent de se mettre en grève, et pourtant, ce que j'ai à dire, je dois l'exprimer avec des mots et non baragouiner n'importe quels sons : trut, grire, tanare, fawa. Ah, d'un tel exercice émanerait peut-être la seule langue adéquate, capable de refléter la situation (« adéquate », en voilà encore un, le troisième déjà, des mots employés par Cohn. Ai-je si peu su garder mes distances ?). Si j'use d'une langue grammaticalement correcte, d'un niveau culturel honorable, alors à coup sûr ce que j'ai à raconter va paraître encore plus absurde, sera perçu comme le comble de l'absurdité, du non-sens.

Quoi qu'il en soit, en route! Somme toute la DKW aussi a fini par démarrer. Je me suis donné un but, d'accord. Donc j'ai des motivations. Ne t'excite pas, nom de Dieu, des « motivations » qui m'incitent à réaliser une chose impensable, totalement chimérique. Voilà ce que me souffle ma raison, cette servante toujours prête à accomplir un sale boulot. Allons-y. Peut-être *Der Mensch in seinem dunklen Drange* (L'homme... toujours, si troublé qu'il puisse être...) – je la sentais venir, la citation de Goethe : avec des gens de ma sorte, on n'y coupe pas, tôt ou tard.

Goethe, bien entendu, Goethe, Heine, encore et encore Heine, Novalis, Hölderlin, tous ils figuraient sur les rayonnages du bureau de Père. Et Mörike. Attention! ne pas oublier Schiller, cette réserve inépuisable de citations. Et Platen – « en voilà encore un, de ces antisémites comme ta mère et toi », dit Père un jour en guise de plaisanterie, « mais alors parfaitement dépourvu de votre *jüdische Selbsthasz* (haine de soi juive) qui poussait ta mère à courir après ce type, comment s'appelle-t-il déjà? » (Père imitait maladroitement Freud, car le nom du psychiatre lui était certainement présent à la mémoire.) « Les Allemands ont raison de dire que nous sommes des *mesjoggene Portegiezen* (des Portugais cinglés) quand on voit des gens comme vous deux » – Père oubliait l'oncle Felix Osorio de Castro, lui qui, dès son arrivée à Westerbork (je jure que c'est la pure vérité!) me réclama d'un ton offensé une chambre avec bains. « Non, ajoutait Père, prends Goethe alors, lui qui... »

Au-dessus du bureau de Père, et c'était bien

là une idée d'humaniste comme lui, on pouvait lire la devise : « Connais-toi toi-même » en grec. Il y mettait toute sa fierté, comme d'ailleurs dans sa barbichette, car il n'était pas dépourvu de vanité. Cette barbiche est la dernière chose que j'ai aperçue de lui : elle pointait vers le ciel lorsque, pantin désarticulé, il gisait sur le pavé. La rue n'avait pas d'éclairage, naturellement, à cause du couvre-feu, mais elle était si inondée de la clarté bleue que déversait la lune que cette chose saugrenue réussissait à projeter une petite ombre portée, à côté de la flaque de sang noirâtre. Ils étaient venus les arrêter, Mère et lui, et il paraissait décidé à les suivre sans plus, parce que, en tant que portugais, il était couvert. N'avait-il pas un cachet officiel? Il a dû prendre la fuite par le toit : ils ont tiré en l'air, pas sur lui, à ce qu'ils disent. L'enchaînement des faits, qu'importe qu'il ait été porté à ma connaissance? « Connais-toi toi-même... » Mère était déjà enfermée dans le Théâtre juif, l'antichambre de notre camp, aussi est-ce moi, son propre fils, engagé par hasard dans une corvée à quelques rues de là, qui me vis convoqué : cette barbichette au clair de lune! « N'oublie pas », dit Jacob. « C'est ton père à toi qui est resté étendu là pendant près d'une demi-heure, exactement comme ça. Essaie de ne pas penser uniquement à cette barbiche, mais aussi à la flaque de sang. N'oublie pas, n'oublie pas. »

M'est-il donc arrivé d'oublier? Oui, non, oui, non. Ça, c'était avant; dorénavant cela ne me sortira plus de la mémoire, je sais de nouveau exactement comment cela s'est passé. Je relis ce dernier paragraphe et j'affirme : voilà comment ça s'est passé. Edgar Poe en aurait fait un récit différent, mais moi je répète : C'EST AINSI QUE ÇA S'EST PASSÉ. Je souligne de deux traits ces mots et pas seulement à ma propre intention, je m'adresse à celui qui regarde par-dessus mon épaule. Qui? Je l'ignore. Si ce document sort clandestinement du camp, selon mon désir, un jour il existera, ce lecteur. Ce ne sera pas un Juif, à mon avis. Tant mieux. Il pourra dire : c'est moche. Il pourra parler de défaillance. Mais qu'il ne dise pas : c'est du grand-guignol. Et surtout pas : pure invention. Qu'il y ajoute foi. Qu'il admette que mes yeux ont vu ceci, que mes oreilles l'ont entendu, que ma main a doucement caressé celle de Père. Il arrive même aux mécréants de ne pas oser passer sous une échelle ou de toucher du bois. Allons, la main levée, je l'atteste : moi, Jacques Suasso Henriques, né le 24 février 1916, je le jure : c'est la vérité intégrale, sans fard, sans surplus. Et ce serment porte de façon irrévocable sur tout ce qui suit, lettre par lettre, mot après mot.

Le lycée. C'est bien par là qu'il faut commencer : cette farce pédagogique et ethnique : le lycée juif, l'établissement accordé par les Allemands au ghetto, avec des enseignants juifs, des élèves juifs. Avec des Juifs orthodoxes (rétrodoks, disait tout fièrement un gamin) et des libéraux, des sionistes et ceux qui étaient en voie d'assimilation (comme moi-même : *ass-himilanth* disait-on derrière mon dos), avec des baptisés de toute sorte, avec des circoncis et des incirconcis, avec des enfants néerlandais, des apatrides, des Turcs, des Roumains et, tout comme ici dans le camp, çà et là quelque ressortissant du Honduras. Cette dernière nationalité était assez recherchée, mais le père de l'élève Léa Cohen avait eu la malchance, en allant chercher le cachet salvateur à *la Zentralstelle* allemande, d'être incapable de se souvenir du nom de la capitale de cette lointaine patrie, aussi la famille entière est-elle depuis quelque temps à Auschwitz, capitale de la Pologne.

Donc, le lycée. En septembre 1942, au début de la nouvelle année scolaire, on y vit apparaître Georg Cohn en première 1 et Ninon de Vries en terminale 2. Pour ce qui est de cette dernière, je n'ai pas besoin d'en parler longuement à ce stade de mon récit. Je n'ai pas à faire du style, il me suffit donc de dire sans plus : elle était la créature la plus divine que j'aie jamais rencontrée parmi les filles d'Israël (« maintenant tu peux dire : de *notre peuple* », raille Jacob) et en quelques semaines je me rendis compte que j'étais absolument entiché d'elle. Ce prénom, Ninon, lui convenait à merveille (à elle qui était la fille d'un diamantaire d'Amsterdam résidant depuis longtemps à Paris), en raison de son aspect malicieux, un rien aguicheur. N'aurais-je eu moi-même à la porter dans le train, peut-être n'aurais-je jamais connu son véritable prénom, figurant sur ses papiers d'identité : Sarah, tout simplement Sarah, comme dans les blagues sur le Juif Moos. Non que cela eût encore de l'importance pour moi en ce temps-là, et d'ailleurs, pour quelqu'un qui, comme moi, tient à se faire appeler Jacques à la française... Mais oui, au-delà d'un certain revenu, un prénom aussi inhabituel que Ninon est plus facile à porter, et le vieux, le « grand » Nathan de Vries, possédait effectivement des richesses fabuleuses. C'était bien lui qui avait dû lui inculquer la notion que les *nebbisj-leraartjes* (les petits professeurs de rien du tout) étaient tout juste bons à préparer des garçons et des filles de sa sorte à l'entrée à l'université. Elle ne se privait pas de nous le faire sentir, en particulier à ce pauvre toutou fidèle qui s'était à tel point entiché d'elle. Puis, un beau jour on ne la vit plus. Voilà que je viens de gaspiller en quelques dizaines de mots la matière de tout un roman, mais je suis pressé et j'aurai à revenir sur elle.

De plus, son départ du lycée ne fut, tout bien considéré, qu'une seule des raisons (motivations, ne t'excite pas, motivations) qui m'ont fait passer d'« avant » à « maintenant », de là-bas à ici. En effet, quelque désespéré que je fusse de son départ, ce qui se passa avec Georg a certainement pesé autant dans la balance, même si en ce temps-là j'en fus bien moins préoccupé, comme d'ailleurs des tristes prédispositions de ce garçon. Mon premier véritable contact avec Georg s'établit un après-midi d'octobre, quelques jours après la grande razzia organisée pour les camps de travail. J'avais sa classe, la première 1, en fin de journée et, tandis que le flot des autres enfants s'écoulait, lui, il resta visiblement à traîner. Lorsque nous fûmes seuls, il ferma la porte, se dirigea vers moi en tenant la main dans la poche intérieure de sa veste et me mit subitement une liasse de billets de banque sous les yeux. Je vois encore son frais museau souriant (à tout juste dix-sept ans il était beau comme une fille) et surtout cette main qui d'un geste large me faisait miroiter doucement cet argent devant les yeux. « Trois mille neuf cent quarante florins », me dit-il avec une feinte nonchalance. « Ce n'est jamais monté à quatre mille. Gagnés à l'heure du déjeuner. Marché noir. »

Disait-il la vérité? Maintenant je crois que oui, alors j'étais beaucoup plus sceptique : l'anormal ne s'était pas encore substitué à ce qui était normal, comme depuis lors, et le garçon m'en a fait voir bien d'autres, accompagnant parfois son geste d'un commentaire qui n'était pas *« dreamt of in my philosophy ».* Son intention était naturellement de capter mon intérêt et il m'est arrivé plus tard de me demander s'il n'avait pas eu l'intention de m'offrir cet argent ou, du moins, de provoquer en moi une réaction imprudente. Mais ce ne fut que bien après, alors que j'avais eu l'occasion de mieux le connaître et même de le comprendre.

Ce manège se poursuivit durant quelques mois. Au moins une fois par semaine il me faisait sa petite exhibition : entre quatre yeux, cette main tendue pleine de billets. Une fois encore je lui en ai demandé la provenance, la réponse est restée la même : « Marché noir, Monsieur. » Il y en eut tantôt moins, tantôt plus. Une fois il précisa, avec un curieux ricanement, qu'il avait à peu près atteint le chiffre de la durée de l'ère juive, qu'il n'était pas loin de six mille francs.

Au cours de la première semaine après Noël, alors que je ne l'avais revue qu'une seule fois dans ma classe après les vacances, Ninon disparut soudain, comme je l'ai dit plus haut. Georg a dû savoir, pressentir du moins, ce que cela signifiait pour moi, car le coup de foudre qui frappe un professeur est remarqué par ce genre d'élèves bien avant que la victime n'en soit consciente – quelle sottise d'écrire tout ça, mais il faut absolument que je m'en débarrasse, et définitivement même! Ce qui est certain c'est que précisément à ce moment je reçus l'invitation à venir déjeuner chez lui, je dis bien chez lui, car son père, je le savais comme tous les Juifs entre le Dollard dans l'extrême Nord et l'Escaut occidental, était le maître incontesté de Westerbork! Quant à sa mère 1. morte, 2. partie, 3. divorcée, 4. habite avec un professeur de néerlandais (ragots circulant plus tard à Westerbork, rayer les mentions inutiles). Je n'ai guère hésité à accepter et un mercredi de la deuxième semaine de janvier je me suis rendu dans sa maison de la Lairessestraat.

Qu'il y eût là des armoires, je le savais, mais je ne m'attendais pas à quelque chose d'aussi sensationnel. Georg, qui m'ouvrit la porte en personne, me précéda dans un hall immense, puis, à travers deux pièces en enfilade remplies de meubles du tonnerre, vers une véranda vitrée donnant sur le jardin, où la table était mise pour deux personnes. Ce n'est pas ma faute si tout ceci a un petit air de conte de fées, du moins par rapport à l'année 1943, mais, croyez-moi, je ne souffre pas des phantasmes culinaires bien connus qui sévissent dans les camps quand je mentionne les mets incroyables qui s'y trouvaient, et cela au bout de trois ans de guerre. Tenez-vous bien : du caviar, de la langouste, du poulet froid, toutes sortes de petits plats fins et relevés, sur une nappe immaculée, au milieu d'une argenterie rutilante et de cristaux étincelants. Le café, qu'il versa lui-même avec dextérité, était tout à fait exempt de succédanés et le cigare impeccable – je reconnais qu'en présence d'une réalité aussi écrasante je n'eus pas le courage de lui en demander la provenance. Alors, je ne fis qu'en supputer le prix d'achat et ce ne fut que plus tard que j'entrevis mieux l'extraordinaire prodige accompli par ce garçon de dix-sept ans, encore lycéen, pour organiser une telle réception dans cet immeuble démentiel, que, à ce qu'il paraissait, mais je n'en jurerais pas, il était seul à habiter. Je le vois encore, debout à côté d'une massive armoire ancienne, sur un fond de lourdes portières de velours rouge, tenant sa cigarette d'un air désinvolte, quand il donna subitement à la conversation un tour très personnel :

– Monsieur Henriques, ou dois-je en cet instant dire M. Suasso Henriques ? Non ? D'accord, Monsieur Henriques, puis-je me permettre de vous poser une question ? Quelle est, en vérité, votre opinion sur le judaïsme ? Sur les Juifs ? De façon générale ?

– Ben, euh, Georg, mon opinion sur les Juifs ? Que veux-tu dire ?

– Mais oui, nous sommes quand même tous les deux des *Volljuden* (Juifs à part entière), n'est-ce pas ? Avec deux parents, quatre grands-parents... Savez-vous qu'une fois dans le camp, n'ayant rien à faire, je me suis amusé à calculer jusqu'à la puissance soixante-quatre ? Comme dans cette histoire d'échiquier, vous la connaissez bien. Je suis arrivé à un nombre de vingt chiffres, rien que des ancêtres juifs. En avez-vous autant ?

– Probablement. Nous autres Portugais nous en avons encore plus que vous.

– Encore pire, fut son commentaire.

– Ne craignez rien. Je hais les Juifs, et le judaïsme de surcroît. C'est un malheur, pis qu'un malheur, c'est une catastrophe.

Je vois encore devant moi ce visage passionné, ces yeux...

– Heureusement vous n'avez pas été effrayé. Je m'en doutais d'ailleurs, sinon j'aurais fait attention. Connaissez-vous Weininger? Non? *Geschlecht und Charakter* (« Le sexe et le caractère »), un livre super. Ils devraient en imposer la lecture à tout Juif et laisser tomber le Talmud et toutes ces sornettes. Weininger! On dit que je lui ressemble, vous n'avez qu'à regarder.

Il saisit un livre qui se trouvait sur le piano à queue et il l'ouvrit. Effectivement, la ressemblance était frappante, même si alors je n'en ai pas saisi la pleine signification. Il était visiblement satisfait de mon assentiment. Il ferma le livre d'un coup sec et sauta tout de suite sur un autre sujet.

– J'ai parlé de vous avec Papa.

– De moi?

– De vous. Vous n'êtes pourtant pas sans connaître la situation actuelle des Juifs. Ah oui, je comprends, vous figurez naturellement sur la liste des Portugais. Probablement parce qu'en 1703 il s'est trouvé un Henriques Porto. Grand bien vous fasse! Toute liste *platzt* [1] comme ils disent à Westerbork. Aucun cachet officiel ne procure de réelle sécurité. *Schwindel* [2] et poudre aux yeux, tout le bazar. Avant l'été 1943 ils auront nettoyé tout Amsterdam. Allez-vous passer dans la clandestinité?

– Sais pas.

– Il serait pourtant grand temps. C'est à mourir de rire. Regardez-moi ce M. Acohen qui vient me dire : « Mon garçon, si toi tu négliges la physique, moi je te ferai préparer un examen de

1. Éclate : se réduit à néant.
2. Bluff.

passage pendant les vacances ! » Pendant les vacances ! Et Mlle Wolfson donc, qui veut que je prenne des leçons particulières ! Sonnés voilà ce qu'ils sont. Il rit, mais reprit aussitôt son sérieux.

– Si vous avez quelque projet, ne tardez pas à le mettre à exécution, ou bien immédiatement, m'entendez-vous, dans la clandestinité, ou bien...

– Ou bien ?

– Ou bien vous cherchez un boulot sûr à 99 %. Il n'en existe pas à 100 %, mais Papa se fait fort de vous en trouver un avec 1 % de risque.

– Et où trouverai-je ces 99 % ?

– Il n'y a qu'un seul endroit en Hollande. A Westerbork. Non, ne riez pas : Papa l'a dit lui-même, et lui, il ne plaisante pas. Moi aussi je vais y aller dans quelques mois, dès que j'aborderai la zone dangereuse. Mais vous vous y trouverez avant moi, vous êtes tout disposé à l'admettre, n'est-ce pas ?

– Et que devrai-je faire à Westerbork ?

– Justement, voici ce dont il s'agit. Eh bien, vous occuperez l'emploi le plus fantastique qui soit, le Service d'Ordre de Papa, le S.O. Pour ceux qui en font partie, si l'heure du départ sonne un jour, ce sera par le tout dernier train, ça va de soi. Mais il y a encore une raison qui fait que vous ferez bien d'y entrer. Il hésita un instant. Voyez-vous, je vais vous faire une confidence qui va vous étonner. Ça fait un bon moment que je me rends compte qu'il ne s'agit pas ici d'une banale conversation entre professeur et élève. Bon, allons-y. J'y pensais depuis un bon moment, mais ce matin, pendant le cours, cela m'est revenu à la mémoire.

– Tu m'intrigues.

– Voilà : c'était à propos de cette histoire de

la dernière nuit des Girondins. C'était beau, rassurez-vous; savez-vous que vos récits sont super? Nous sommes tous d'accord là-dessus. Et vous l'aviez bien préparé, votre cours; eh oui, on s'en rend toujours compte. Vous étiez en pleine forme, vous nous avez même précisé que ça venait d'un Français ou d'un Anglais. Zut! J'ai oublié leurs noms. Il va falloir que je prenne des leçons particulières en histoire, qu'en pensez-vous?

Je ris.

– Lamartine et un peu de Carlyle.

– Je veux bien, moi. Mais vous souvenez-vous que je vous ai demandé si tout ça c'était vraiment arrivé aux Girondins? Je ne l'ai naturellement pas dit, mais ça me semblait tout simplement du roman, une chose ridicule, de la pure invention. Mais vous avez répondu : « Oui, c'est vraiment arrivé. » Et j'ai alors pensé : « Mais cet homme ne se doute de rien, il n'a aucune idée de ce qui se passe. Ce n'est pas la première fois que je m'en aperçois. » Vous étiez ravi – vous ne prenez pas ça mal? – vous vous en gargarisiez. Entendre ça, quand, comme moi, on a déjà assisté à quelques actions de ce genre! A Westerbork, chez Papa, où j'ai passé mes vacances. A Noël, oui, j'y ai logé, c'est bien vrai. J'ai pu m'y rendre dans une voiture de la *Wehrmacht* paré de mon étoile jaune. C'est Papa qui arrange tout ça. Nous avons parlé là-bas de toutes sortes de choses et je lui ai tout dit sur vous. Et savez-vous ce qu'il m'a dit? Vous ne prendrez vraiment pas la mouche? Il a dit, euh, il a donc dit : « Envoie-le-moi ici, j'en ferai un homme. Mais conseille-lui de se hâter. »

Je me sens pris de fatigue. Me voici donc dans le block disciplinaire et je veux savoir, il m'est absolument nécessaire de savoir quelles sont les circonstances qui m'y ont amené, je veux résoudre mon problème. Comment suis-je venu ici? A cause de l'affaire de Ninon? A cause de la conversation avec Georg? Sans doute aussi à cause de l'atmosphère qui régnait dans le lycée avec, parmi mes collègues, tous ces pères de famille désespérés dont on avait de la peine à soutenir le moral en leur injectant de jour en jour des doses de consolation (« si tu ne crois pas que le mois prochain la guerre sera terminée, tu ne piges rien »). A cause des enfants aussi, avec leur étoile, cette morve jaunasse que même pour jouer dans notre gymnase des scènes tirées des *Misérables*, ils n'osaient se dispenser de mettre sur leur costume de location par crainte des dénonciations, Jean Valjean et Cosette avec une tache de bave à six pointes sur leur poitrine! Même ma fonction, je devais être trop jeune pour l'exercer et manquer de maturité : je ne me souviens que trop bien comment, dans une classe à majorité de filles, j'évitai le mot de « sans-culottes » pendant un cours sur la Révolution, à la grande joie de ces chipies qui, tenez-vous bien, n'hésitèrent pas à m'applaudir lorsque la cloche sonna. Quoi encore? Je ne peux tout de même pas étaler toute ma vie devant ce lecteur éventuel. Mère : le parti fasciste NSB n'avait pas voulu d'elle comme membre malgré sa « compréhension » publiquement affichée de l'« Allemagne nouvelle ». Mère, devenue protestante libérale parce que c'était une « Église si comme il faut » à ses yeux – hélas, j'étais bien le type même du fils de parents en voie d'assimilation, qui était assez « libéré » pour manger du jambon. Ce fut uniquement parce que Père restait vaguement attaché aux choses d'autrefois que j'avais reçu un plus grand nombre de cadeaux pour mon « treizième anniversaire », y compris deux parapluies offerts par de très anciens amis que Grand-père avait encore connus comme *Schnorrers* [1]. Ça suffit, ça suffit. Ces rafles, ces étoiles, ces ordonnances, ces humiliations, n'est-ce pas suffisant en soi? Comme je haïssais – enviais – ces Allemands qui s'étaient installés ici avec tant d'assurance et d'aplomb. Comme je haïssais plus encore tous ces Juifs apeurés, désemparés, qui dès la capitulation s'étaient précipités vers Ijmuiden, petite avant-garde de ce détestable peuple toujours en fuite sans jamais prendre racine nulle part. Comme je méprisais notre voisin qui, à la nouvelle de la capitulation, avait envoyé sa femme et ses deux fillettes dans la mort, mais avait pris peur, s'était affolé devant le néant, ce qui était pourtant la solution préférable entre toutes. Moi, j'avais été éclaireur, j'avais fré-

1. Mendiants, « Schnorrero », disait Père par dérision.

quenté le manège, comme étudiant j'avais fait partie de la Corporation (pour m'apercevoir, au fond avec regret, que tout cela était finalement bien peu antisémite!) et je n'avais pas eu le courage d'adhérer à une de ces nombreuses organisations fascistes qui faisaient de l'agitation, de même que j'avais obstinément refusé, Dieu sait pourquoi, d'accepter d'être baptisé à l'exemple de Mère. Peut-être quand même à cause de Père, trop vulnérable au milieu de tous ses livres et qui avait essayé en vain de se mettre à l'abri derrière un dicton grec dépourvu de sens.

Je renonce à comprendre et me bornerai à narrer ma dernière matinée au lycée. Histoire nationale des Pays-Bas en 5e A; ne riez pas : histoire nationale. Le XVIIIe siècle en 5e A, une classe qui, en septembre, avait commencé avec trente élèves et n'en comportait plus que quatorze. Il y a quelque chose que je dois signaler, je ne peux pas l'éviter : je ne peux nier que j'ai livré le nom des absents, des élèves *absents;* ça me donne envie de hurler, de défoncer ici même quelques tables ou quelques bancs, car les absents n'ont pas le droit de manquer la classe sans un mot d'excuse, et ces enfants, ou leurs parents, n'avaient pas signalé leur absence – nom de Dieu! C'était au tour de Selma Katan d'être interrogée. Je tenais le livre à la main. J'assumais en tout point l'attitude du professeur bon pédagogue et bienveillant :

– Eh, Selma, où fut arrêtée la princesse d'Orange?

Pas de réponse. Selma ne savait donc pas où la princesse avait été arrêtée, événement qui revêt une certaine importance et qui est mentionné à la page 24 du *Sommaire d'Histoire des*

Pays-Bas, la leçon qui avait été indiquée comme étant à apprendre à la maison.

– Près de Goejanverwellesluis. Ma tristesse était très pédagogique. Donc, tu ne le sais pas. Et en quelle année?

A ce moment-là une circonstance retint mon attention. Betsy van Witsen, la fille ambitieuse toujours à l'affût de bonnes notes, toujours prête à damer le pion à Selma qui était moins vive, se contentait de regarder. Son doigt ne se balançait pas en l'air, sa tête noire n'était pas tendue en avant comme à l'ordinaire. Elle ne faisait que regarder et, lorsque je lui jetai un regard interrogateur, elle dit :

– Ils ont emmené sa mère.

– Sa mère?

– Oui, monsieur, la mère de Selma. Scandale racial, disent-ils.

Selma elle-même ajouta en luttant contre ses larmes :

– Et pourtant elle s'était fait stériliser car ils disaient... Puis elle éclata en sanglots.

Ceci est la vérité, au jour du Jugement je serais à même de répéter : cette fillette de treize ans a prononcé ces paroles mêmes, dans la classe de 5e A du soi-disant lycée juif.

What next? Je déposai mon livre et laissai les enfants effectuer du « travail libre » selon l'expression consacrée des professeurs qui n'ont plus de goût à enseigner. L'élève Selma Katan avait ignoré l'écluse de Goejanverwelle, oui, probablement elle avait laissé tout le *Sommaire* pour ce qu'il était, et, en apprenant la raison de cette ignorance, je fis, à propos d'un détail apparemment sans conséquence, la première démarche qui me dirigea vers ce camp et, de là, dans cette baraque. Je peux donc dire que moi aussi j'ai été arrêté devant l'écluse susdite, comme la princesse. Je suis sorti de l'établissement sans prendre congé de personne et suis allé vider sottement le contenu de ma serviette, donc le *Sommaire* et d'autres *Précis* aussi honorables, du haut du Hogesluis [1] dans le Binnenamstel, laissant les enfants travailler à leur guise. Je crois qu'ils étaient tout à fait d'accord, car l'heure suivante ils avaient une composition d'algèbre et Mlle Wolfson n'était pas commode.

1. Écluse haute.

De Cohn je ne savais à cette époque que le peu qu'on raconte sur lui parmi les Juifs d'Amsterdam et ce que Georg, son fils, y avait ajouté. C'est de ce dernier du moins que j'avais appris qu'il s'appelait Siegfried Israël, Siegfried comme tout Allemand avant Hitler, Israël comme tout Juif allemand du temps d'Hitler. D'ailleurs, j'avais lu cela sur la carte de visite que Georg m'avait montrée avec une certaine fierté : « Siegfried Israël Cohn, z.Z. (*zur Zeit*, actuellement) Westerbork, Holland. » Impeccable, impeccable. Sur mes premiers jours là-bas je peux seulement dire qu'il me subjugua, c'est bien le mot. Pour commencer par sa taille gigantesque, ces bottes, cette culotte de cheval, la vareuse en cuir jaune sur laquelle l'étoile se distinguait à peine, le visage hâlé avec ses yeux bleus nordiques : *blonde Bestie* (la brute blonde). Et puis son ton incisif : enfin un Juif capable de commander – et comment! Et puis sa situation; si je n'avais pas été au courant, je m'en serais rendu compte tout de suite, rien qu'à la façon dont on m'introduisit auprès de lui : il s'agissait manifestement d'un des plus hauts MSW (*Macht Sich Wichtig :* celui qui fait l'important; j'ai été des leurs pendant un certain temps). Il avait une petite maison près du « Schmaddenau » (la baraque des baptisés) et on me conduisit en priorité absolue à travers une salle d'attente où je remarquai déjà, quelque impressionné que je fusse par ces premiers contacts, une quantité exceptionnelle de femmes.

Il me salua calmement, non sans amabilité, mais nettement avec une certaine condescendance : il me tutoya dès le début et toujours il m'appela Suasso et non Henriques comme tous les autres, tandis que mes amis s'adressaient naturellement à moi en disant Jacques et que Père avait été le seul à employer le terme de Jacquot (je portais le prénom de mon grand-père). Certainement, son fils Georg lui avait parlé de moi au cours de leurs conversations et dans leur correspondance, et lui, il savait ce qu'il faisait : « Oui, Suasso, mon fils, c'est un génie ! » Et c'était dit avec le plus grand sérieux. Ultérieurement, il me fut donné de constater qu'il s'agissait d'un dogme inébranlable.

– Mais parlons d'autre chose, Suasso, de l'essentiel : Auschwitz, ce nom doit te dire quelque chose.

– Naturellement, Monsieur.

– Bon. Tu dois connaître la fable de la fosse aux lions. Je n'ai encore jamais rencontré quelqu'un qui soit revenu d'Auschwitz. A Amsterdam on prétend qu'il circulerait des lettres qui en proviendraient. Foutaises. La semaine dernière encore il y en eut un ici pour monter dans le train avec tout un chargement de livres de musique dans son sac à dos. Celui-là, il devait s'imaginer qu'il allait y trouver à son intention et à celle de ses enfants une maison avec jardin, frigidaire encastré et piano à queue Bechstein en supplément.

Je ris. Il garda son sérieux.

– Non, Suasso, non. De certitude je n'en ai pas, pas de certitude absolue. Même Schaufinger ne sait rien, et pourtant c'est lui le commandant du camp. Adelphi, tu sais bien, celui de la *Zentralstelle* d'Amsterdam, lui non plus n'en a aucune idée. Évidemment, ce ne sont là que des policiers ordinaires qui ont fini leur boulot quand ils ont livré leur marchandise et ils ne posent pas de questions, n'est-ce pas? Rauter, à La Haye, lui, il doit en savoir plus, mais il se tait. Ce n'est pas bon signe, si tu me demandes mon opinion. De toute façon, sauf avis contraire, moi j'estime que là-bas c'est tout à fait malsain pour nous. Aussi je préfère rester le plus longtemps possible ici et je suppose que toi tu veux suivre le bon exemple que je donne.

– Volontiers, Monsieur.

– Bien, Suasso, bien. Mais alors toi, tu es, comme moi, sous le coup de la première loi inéluctable du camp : ce sont « eux » ou c'est moi. La question est seulement de savoir à qui nous faisons allusion en disant « eux »? Le malheur veut que « eux », ce sont les Allemands, à long terme seulement. « Eux » ce sont les Juifs à court terme, est-ce que tu comprends ça?

– Les Juifs?

– Les Juifs. Chaque semaine Schaufinger m'en indique le nombre qui devra monter dans le train pour Auschwitz. Chaque semaine il reçoit un télégramme de La Haye. Je suppose, mais je n'en suis pas sûr, que La Haye reçoit l'ordre de Berlin. Ces Juifs, moi je dois les livrer sur-le-champ. Chaque lundi après-midi j'en connais le nombre et alors nous, c'est-à-dire quelques *Dienstleiter* [1] et moi, nous dressons les listes. Les listes des Juifs qui, le mardi matin, iront au STO, comme cela s'appelle officiellement.

– Vers Auschwitz.

– C'est ça, vers Auschwitz. Et au-delà, en position horizontale ou verticale. Verticale, cela dépend de ton credo. Encore une fois : de certitude, personne n'en a, de certitude absolue. Là-bas, ils ont donné le pouvoir à un homme qui en mille discours a hurlé qu'il nous détruira tous, et à la fin de chacun de ses discours ses complices – que dis-je, le peuple allemand – a rugi *Siegheil.* Oui, oui, ne dis rien, je le sais bien : pas tous. Mais suffisamment pour exécuter ce projet, maintenant qu'il est si bien installé dans le pouvoir. Personne ne songe à refuser...

Je rassemblai mon courage : « Vous non plus, vous ne refusez pas, Monsieur Cohn.

– Effectivement, je ne refuse pas. Hélas, Suasso, essaie de me comprendre et ne dis pas de sottises. Que veux-tu ? Que puis-je, que pouvons-nous faire ici ? Un navire avec mille passagers à bord prend l'eau et personne ne répond à nos SOS. Dans les chaloupes il y a de la place pour cinquante personnes. Que réponds-tu à cela, voyons ?

Je me tus.

– Je comprends ton point de vue. Bon, admettons que je refuse, que se passera-t-il à ton avis ? Je me trouverai mardi prochain dans le train et Schwarz deviendra le *Zentraldienstleiter* et fera le même boulot. Dès qu'il s'y refusera ce sera au tour de Rosenfeld. Puis Goldstein ou

1. Kapos.

Sacher. Tant qu'il y aura des Juifs ici, il y en aura toujours un pour. Au besoin, son père et sa mère...

– Son père et sa mère?

– Oui, Suasso, son propre père et sa propre mère, tu m'entends bien? – il les mettra dans le train. Essaie de ne pas oublier ce que je vais te dire : à la suite de tout ce que Georg m'a écrit, c'est toi qui seras ici mon second. Ce que ça signifie, on s'en fout, pourvu que tu portes ton brassard et te maintiennes dans mon voisinage. Mais cela ne suffit pas. Il faut que tu te fasses dur comme de l'acier, comme du ciment. Sinon tu ne seras pas à la hauteur, et je ne pourrai pas te sauver. Loi du camp numéro deux : qui est tendre ou mou prend le train. Même moi je ne peux rien y changer. A Amsterdam on croit que je suis tout-puissant ici, n'est-ce pas?

Je fis signe que oui :

– Foutaises, encore. Ils croient que Schaufinger est une sorte de *roi fainéant* et que Cohn est son maire du palais. Si seulement cela pouvait être vrai. Ça y ressemble un peu, un tout petit peu. Je fais le sale boulot – d'ailleurs il n'y a pas d'autre boulot par ici. Schaufinger me fiche la paix tant que ça marche en silence, sans grincer. Tout ce que je veux a force de loi, tant que je ne veux pas autre chose que lui. Le plus petit aryen est ici plus puissant que le plus grand Juif. Tu n'as qu'à observer les gendarmes néerlandais : de braves gens, certes, il n'y en a qu'un, Henri le Rouquin comme ils l'appellent, dont il faut se méfier, car celui-là il est du mauvais bord, mais il est seul à l'être. Schaufinger n'est pas pire qu'un autre comme commandant de camp, car j'en ai déjà vu passer un certain nombre. Schaufinger est, comme on dit, tolérable, du moins met-il des gants pour nous liquider. Tu n'as qu'à voir en moi le *Juif Süss* de cette affaire.

– C'est vous qui le dites, Monsieur.

– Naturellement, mon garçon. Sinon il y aurait longtemps que j'aurais été expédié, et Georg avec moi. Au cours de mon expérience des camps je me suis vu confronté à des situations que je n'hésiterai pas à qualifier de réalité de la vie. Depuis l'année 33. Oui, mon ami, ce sont là des choses qui modifient radicalement la façon de vivre, tu peux m'en croire. As-tu vu cette flopée de jupons dans la salle d'attente? *Homo sum*, entends-tu? Tu sais ce que Napoléon criait à son mamelouk quand il se sentait inspiré? Non? et ça se prétend un historien, si c'est Dieu possible! Bon, ben lui il criait : *Roustan, une femme!* Crois-tu vraiment que je supporterais une vie pareille sans m'écrier demain, après-demain, qu'en sais-je : *Suasso, une femme!* Pas neuf, mais six sur dix d'entre elles sont à ma disposition, pourvu que je les maintienne hors du train. D'ailleurs, que pourraient-elles sacrifier d'autre ici? Les hommes offrent leur argent, les femmes...

– Et alors elles seront en sécurité? Vous disiez...

– Bien vu, Suasso. En sécurité elles le seront pour une semaine, une semaine de sept jours bien comptés. Tous ici nous vivons dans la durée de cette semaine. Une semaine qui commence le mardi matin et finit le mardi matin, à la minute où le train s'ébranle. N'est-ce pas ce que je disais? Oui, mon garçon, je sais bien que ce n'est pas joli joli, mais, ou je suis éliminé, ou j'élimine. Cela dépend de moi, à ce qu'on dit.

Et à ça, moi, je réponds : d'accord, mais pas seulement de moi. Est-ce moi qui ai inventé Westerbork ? C'est votre gouvernement néerlandais qui a fait ça.

– Mais pas dans cette intention.

– Non, mais alors moi je dis ceci : tu n'as qu'à passer des années dans des camps allemands avec de mauvaises intentions, et autant avec de bonnes dans un camp néerlandais, et tu verras ce qui peut bien subsister de tes sentiments humains, de ta morale. Tu es le seul Hollandais pour lequel je sois disposé à faire quelque chose et tu le dois à mon fils. La semaine dernière encore j'ai vu s'avancer vers moi une dame de votre Apollolaan. C'est bien là votre quartier chic, n'est-ce pas ? Bon, elle venait réclamer un autre travail. Un travail plus noble, plus intellectuel, que sais-je, moi. Elle se sentait trop distinguée pour nettoyer les latrines. Je refuse et je lui dis froidement : non, Madame, aussi longtemps que nous digérerons des aliments vous continuerez ce travail. Et voilà notre bonne femme qui se met à déballer son paquet : que je n'étais qu'un sale Boche et qu'après la guerre elle me ferait mon affaire.

– Et qu'avez-vous dit ?

– Dit ? Dire ? Mon garçon, on voit bien que tu ne connais pas encore Cohn. Je n'ai pas parlé, j'ai agi. J'ai immédiatement transmis le « sale Boche » à Schaufinger et deux jours plus tard en compagnie de son mari, de sa bellemère et de ses trois filles de dix-sept, quinze et douze ans – tu aurais dû voir ces petites, Suasso, superbes, de vrais anges – eh bien, elle est montée dans le wagon à bestiaux en direction d'Auschwitz où elle aura tout loisir de cogiter un châtiment exemplaire à m'appliquer après la guerre. Et en attendant, d'accomplir une tâche intellectuelle.

Je ne pus réprimer un petit frisson.

– Merde, Suasso, en un mot comme en mille, endurcis-toi. Que veux-tu donc? Moi, je me maintiendrai en vie, non pour moi-même, car après dix ans et quelque de camp, je suis un homme fini, mais pour ce garçon que j'ai, qui est un génie, je te l'ai déjà dit : il est un maître dans l'art de vivre, un Rimbaud, un Dorian Gray. Comprends donc : ce garçon, s'il le fallait, je le traînerais à travers les flammes de l'enfer. Je continuerai à jouer cette partie dégueulasse et infâme, je resterai le maître, même si en pleine lande on m'imposait d'inaugurer des statues ou de mettre des navires à l'eau. Je garde un visage imperturbable, fais comme moi, Suasso. Toi et moi nous espérons voir ensemble le jour où nous pendrons Schaufinger haut et court. Mais il n'y a qu'une seule voie qui conduise à ce moment, et c'est celle que je t'ai indiquée. Eh bien, qu'en dis-tu?

– Je ferai de mon mieux, Monsieur.

– D'accord, Suasso, c'est entendu. N'oublie pas, ici on ne te demande pas de travailler pour rien. Tu as un des emplois les plus sûrs, c'est un premier avantage. En outre, en accord avec Georg, je ferai de toi un homme : c'est un deuxième avantage. De plus, s'il y a surabondance dans la salle d'attente, je te laisse ta part. N'aie pas l'air aussi stupide, Suasso! Crois-tu vraiment que je sois homme à raconter des histoires? Tu connais le tarif : un sursis d'une semaine. C'est ce que j'appelle *Naturalwirts-*

chaft [1], c'est bien là ce que c'est, n'est-ce pas? Le droit de cuissage du seigneur de Westerbork! Me croiras-tu si je te dis qu'il m'est arrivé de faire des études en sciences économiques, que j'ai voulu être banquier, réaliser quelque chose dans la vie? Non, tu ne le croiras pas, n'est-ce pas? Pourtant c'est la vérité. Seulement dix années et même plus, de camp... Tu t'engages? Oui? »

Je tendis une main qu'il serra vigoureusement. Le pacte diabolique était scellé.

1. Le système du troc.

Le pacte diabolique. Je retire cette expression, elle ne correspond pas à la vérité, c'est de la littérature. Je n'étais pas un Faust et lui n'était pas un Méphisto, quant aux Gretchen, hélas... Un Méphisto il ne l'était certainement pas, mais un Allemand qui dès le premier jour m'a fait penser à la description de Tucholsky : s'acheter un fouet pour chien et un petit chien qui va avec. Effectivement, Cohn avait une cravache et, la tenant à la main, il allait... Non, tel un souverain il progressait... Dans la rue centrale entre les blocks, le « Boulevard des Misères », en agréant de pieuses (c'est le mot qui convient) salutations : lui qui disposait du droit de vie et de mort. Un reflet de ce culte rejaillissait sur moi qui marchais derrière lui, son second. Son Sancho Pança ? Hélas non, tout au plus un peu son Leporello. Mais je le faisais et je ne détestais pas le faire. (« Tu aimais bien ça, dit Jacob, reconnais-le donc. ») En effet, j'y trouvais un stimulant non dénué d'agrément. Je commençais à devenir un homme, apparemment.

Le S.O., l'organisation magistrale de Cohn : elle comportait une centaine d'hommes, les SS juifs, selon l'expression populaire qui faisait mouche, car nous étions et Juifs et SS, tout à fait contaminés par nos ennemis que nous imitions dans notre démarche, dans notre attitude, notre façon de nous habiller et même de parler : *« zackig », « schneidig »* [1]. Nous donnions de grands coups de gueule, nous refoulions, nous pourchassions, nous, c'est-à-dire quelques intellectuels, quelques employés de bureau, voyageurs de commerce et marchands ambulants, nous étions sans aucun doute considérés par les autres comme la racaille la plus répugnante que Dieu ait jamais créée, des bandits, des gangsters. Aujourd'hui j'ai la nausée quand je me reporte à ce que nous étions, à ce que j'étais. La seule chose que je voudrais répéter pour la dixième, pour la centième fois c'est que tout ceci est conforme à la vérité, qu'il en a été ainsi et non autrement. Mais ne me demandez pas d'autres détails, je les ignore. En effet, tout en écrivant, je deviens de plus en plus conscient du fait que je suis tout au plus en mesure de me reconnaître, mais non de me connaître; non, me connaître moi-même n'est pas dans mes moyens.

Westerbork, *morne plaine*. Aujourd'hui encore le vent souffle en tempête, comme durant presque toute l'année, aujourd'hui aussi le sable impitoyable s'élève de la lande et pénètre par toutes les fentes de la baraque. Au lycée j'avais acquis la notion que les Pays-Bas, ce pays où les parcelles se serrent les unes contre les autres et sont progressivement couvertes de constructions, ne comportaient plus de régions inhospitalières : mais ici on en a trouvé une, la seule qui subsiste

1. Décidé, énergique.

et on y a installé un camp. « Ici, on a plus besoin de lunettes pour se protéger les yeux que de nourriture », avait dit Cohn. « Tu n'as qu'à voir les yeux de ces bébés et imagine le plaisir qu'on va avoir quand viendra l'été avec ses milliards de mouches. Et malgré tout, tu vois, ils ne veulent pas aller à Auschwitz. »

Ce n'est que trop vrai. Je ne cesse de souffler le sable de cette page, mais, au moins, ici le silence règne, encore. Il n'y a pas de cris d'enfants, pas d'agitation, aucune occasion, par exemple, de procéder à ces incessants déménagements injustifiés de baraque en baraque *(schnell, schnell!)*. On ne trouve ici qu'une quantité normale de sable, de poussière, de saleté, d'humidité, de courants d'air. Le silence règne ici – encore, ai-je dit. Car, il y a une demi-heure, est arrivé un premier contingent, un médecin avec sa famille, mari, femme, deux enfants parmi lesquels je reconnais Betsy van Witsen, celle de la 5e A. De 5e A : dans cette ambiance ce chiffre est parfaitement risible : les nôtres, ici, sont bien plus élevés... Dans ce cas il ne s'agissait pas d'une infamie raciale commise par sa mère (*so sieht sie nicht aus*, elle n'a pas la tête à ça), mais son père, ayant été appelé pour un accident survenu au coin de la rue, s'était précipité hors de chez lui sans avoir mis son étoile sur la veste enfilée en toute hâte : le voisin qui l'a dénoncé est déjà installé dans sa maison qu'il guignait depuis longtemps. Donc, une sanction banale. Oui, même de connaître Goejanverwellesluis n'a pu sauver d'Auschwitz Betsy van Witzen, et les voilà installés au bout de notre baraque. Des gens bien calmes, heureusement; comment est-ce possible? « C'est dommage, dit sa mère, que nous ayons échoué dans ce block disciplinaire, car j'ai entendu dire que se donne une si bonne revue dans le camp. L'avez-vous déjà vue, Monsieur Henriques? »

J'écris, j'écris. Les mots consentent à venir, poursuivons donc. J'écris : dans cette vallée de la mort il y a un cabaret et aussi un café. Un cabaret pour lequel les démarcheurs de Schaufinger parcourent tout le pays pour s'assurer des costumes les plus élégants, de l'éclairage le plus moderne; un cabaret avec des artistes de premier plan qui répètent toute la journée, avec une soirée inaugurale pour ce show qui se pare de la plus belle orgie de couleurs de toute l'Europe, avec des rangées de femmes peintes et fardées et Schaufinger au milieu d'elles, tel *un roi qui s'amuse*, à côté de Cohn, Schwarz et d'autres MSW. La première a lieu de préférence, mais pas toujours, un mardi soir, lorsqu'un convoi vient de prendre le départ, pour nous remonter un peu le moral apparemment, un programme tout d'allégresse et d'humour macabre planant au-dessus du cloaque hors duquel les Juifs sont évacués vers l'Achéron. L'un y va, l'autre s'abstient, lequel des deux est plus normal, moins traumatisé? Et celui qui évite le cabaret va au café, au café avec terrasse, avec du café (un succédané d'*Ersatz*, de la lavasse), avec de la limonade; j'écris ça froidement, je ne vois pas rouge, je rends compte. (« Aide-moi, Jacob, soutiens-moi, j'ai bien besoin de ton assistance. ») Dans ce café, il m'est arrivé, un après-midi, de procéder à une arrestation. Merde, le mot est écrit. Comptons, exactement onze lettres : arrestation. Comment procède-t-on à une arrestation? Je n'en avais encore jamais vu, mais il fallait le faire : ordre de Cohn, ordre de Schaufinger. *Befehl ist Befehl* (un ordre est un ordre) : procédez à l'arrestation. C'était un jeune Juif, un garçon tout à fait ordinaire qui avait seulement eu un peu plus de déveine, une déveine venue plus tôt que pour d'autres garçons juifs : ils finissent tous par partir un jour ou l'autre. Lui, il devait sa malchance prématurée au fait que Schaufinger était ce jour-là d'humeur massacrante : ça se solde toujours par des pertes en vies humaines, même s'il est, comme Cohn se plaît à le répéter, le plus humain de tous les commandants de camp, lui, un petit employé de bureau de bas étage propulsé vers le haut et qui sans cela serait resté toute sa vie comptable ou caissier. Il n'est pas un monstre, bien que je sache parfaitement qu'il n'a pas de raison de l'être : ici il dispose d'une grande maison et tout le camp est à l'œuvre pour lui. Aucun roitelet n'a eu à sa dévotion autant de tailleurs, de coiffeurs, de jardiniers, de chauffeurs, de médecins, de dentistes de qualité. On fête ici son anniversaire et il daigne recevoir des mains de Cohn le cadeau offert par les Juifs. Les meilleurs cuisiniers préparent ses repas. Les techniciens les plus habiles fabriquent des jouets pour ses enfants et ceux de ses amis, et le meilleur calligraphe des Pays-Bas vient de lui établir un merveilleux arbre généalogique, et bien sûr foncièrement aryen : tout cela ce sont les Juifs, ses esclaves, qui l'exécutent. Ce souverain observe à sa manière une sorte d'étiquette, et c'est là que s'est produite la maldonne de cet après-midi-là : son toutou, ou plutôt celui de sa royale maîtresse, Frau Wirth, une peste par ailleurs, le toutou Bubi donc avait eu à subir une approche irrévérencieuse d'un congénère à l'intérieur du camp.

Oui, ce n'est pas de ma faute si ce récit fait penser de temps en temps à la *Maison des Morts* de Dostoïevski, mais il est vrai qu'il subsistait dans cette maison de la mort des personnes ne possédant plus rien en ce bas monde mais qui enduraient la faim pour gâter et cajoler quelque animal, souvent aussi maigre et maladif qu'elles-mêmes, un chien, un chat, jusqu'à un oiseau ou une tortue. Un petit chien juif s'était permis des privautés avec Bubi, résultat : un ukase. « Que dans l'heure tous les animaux présents dans le camp soient exterminés ! » Cela s'était passé à une heure un quart et, à deux heures un quart, Schaufinger, en compagnie de Cohn, faisait sa tournée habituelle, et moi sur les talons de Cohn. Schaufinger, comme à l'ordinaire, correct, droit, *schneidig* – en passant je recueillis les propos d'une fillette juive à une autre : « Qu'est-ce qu'il est encore beau aujourd'hui ! » Et il l'était, mais mal luné parce que Wirth l'avait réveillé de sa sieste. Dès la première baraque l'incident se produisit : un gamin juif était en train de se laver, quand il nous vit arriver tous les trois, lui qui évidemment n'était pas un historien diplômé, fut pris de panique et se fabriqua à la sauvette avec du sparadrap une étoile qu'il colla sur sa poitrine toute nue, à gauche, selon les prescriptions. Schaufinger le vit et poursuivit sa route. Il découvrit dans une autre baraque un petit chat soi-disant sans propriétaire, l'écrasa froidement et irrémédiablement avec sa botte militaire et fit placer six personnes de ce block-là sur la liste de transport. Je répète, en tant que commandant de camp, il n'est pas un monstre, il lui arrive même de se montrer *gemütlich* (il prend parfois un air bonhomme) et de prononcer alors quelques paroles en yiddish, mais à l'occasion il est un peu de mauvaise humeur et c'est ainsi que cet après-midi-là, après qu'il eut encore pesé le cas, je fus chargé de procéder à l'arrestation de Jesayah Melkman, né le 11 mai 1923, fourreur de son métier, et de le conduire au block disciplinaire pour avoir profané un symbole. C'est là une infraction à laquelle Jesayah Melkman, fourreur de profession, n'a rien dû comprendre jusque dans le train, pas plus que sa fiancée qui l'accompagna de son plein gré. Pour Jacques Suasso Henriques, professeur de profession, le sens n'en est pas encore évident. (Seul Jacob chuchote : Jesayah, Jesayah. Que veux-tu dire, Jacob?)

Je n'ai que trop consacré de mon temps à décrire cet épisode dénué d'importance; si je continue de la sorte, il me faudra des semaines et des semaines et je ne dispose que de quelques jours. Il vaut donc mieux ne pas évoquer encore une fois ce qui est arrivé à Père. Il se trouve que nous avions à donner un coup de main ce jour-là à Amsterdam pour évacuer quelques maisons de retraite juives. J'en ai déjà dit deux mots (ne recommence pas, dit Jacob, mais n'oublie pas). Mère : grâce à ma situation aux côtés de Cohn, elle aurait pu rester encore longtemps à Westerbork, mais quand elle apprit ce qui était arrivé à Père, elle perdit la tête : elle jura ses grands dieux qu'elle était une enfant trouvée, que moi, son fils, j'étais le fruit d'un adultère et que son mari, donc Père, n'était pas mon vrai père, qu'elle-même était d'une condition sociale bien supérieure, etc. Si elle n'avait sorti qu'un seul de ces arguments elle n'aurait probablement obtenu aucun effet non plus, mais ce méli-mélo était impardonnable, surtout quand elle se risqua à s'adresser directement à Schaufinger, lui qui, pour les Juifs (autres que Cohn naturellement), était aussi sacro-saint que le mikado japonais. Cela signifiait qu'irrémédiablement elle monterait dans le train, et tout ce que je pus faire pour elle fut de lui trouver une bonne place entre la réserve d'eau et la cuve à excréments. J'ai encore dans les oreilles les applaudissements sarcastiques avec lesquels elle fut accueillie dans le wagon.

Procurer une bonne place était souvent le maximum de ce qu'on pouvait faire. C'est ce qui arriva pour l'oncle Félix, déjà mentionné, et la tante Hannah avec leurs enfants arriérés, pour notre docteur, l'« ange » comme Père l'appelait souvent, qui avait été pour les miens, dès avant ma naissance, un médecin, un conseiller, un ami. Il avait été trahi par son ancien chauffeur, sous prétexte que, rentrant en hâte après un accouchement, il avait franchi son seuil à huit heures cinq pile. Il arriva par un convoi tout à fait spécial, d'un camp d'entraînement de nos SS néerlandais où, pratique nullement exceptionnelle, on avait lancé les chiens contre les internés. Du moins des lambeaux de chair pendaient-ils encore de son corps et les plaies avaient été enduites de pommade au mercure. Je dus le soutenir comme un enfant et j'ai encore en mémoire, tandis que j'écris, ses bons yeux fidèles dirigés sur moi, au moment où il prit congé de moi en silence pour aller installer ses membres douloureux à côté de la cuve à excréments. Dieu en personne n'a pas pu voir cela avec plus de netteté que moi. Quoi encore? Un mardi matin, le train était sur son départ, lorsque Meiersohn, notre médecin-chef, fit un signe à Cohn. Il voulait faire exempter une jeune femme en raison de sa grossesse, ce qui en ce temps-là donnait droit à six semaines de répit après accouchement. Depuis, il m'est arrivé de placer auprès de la cuve des femmes avant qu'elles ne soient arrivées à leur terme. Cohn, en un garde-à-vous impeccable (s'adressant à Schaufinger) : *« Melde gehorsamst, Herr Obersturmbannführer, junge. Frau fällt aus. »* (A vos ordres, mon commandant, une jeune femme ne doit pas faire partie du lot.) Schaufinger : *« Schade. Das macht also... »* (Dommage, il reste donc...) Cohn : *« Das macht neunhundertneunundsechzig, Herr Obersturmbannführer! »* (Il en reste neuf cent soixante-neuf, mon commandant!) Schaufinger : *« Eine zu wenig. Na, meinetwegen Folgendes Mal... »* (Une unité manquante. Entre nous, la prochaine fois...) Cohn : *« Entschuldigen Sie, Herr Obersturmbannführer. Sie haben neunhundertsiebzig gefordert, Sie werden Ihre neunhundertsiebzig bekommen! »* (Mes excuses, mon commandant, vous en avez exigé neuf cent soixante-dix, vous en toucherez neuf cent soixante-dix) et sans même attendre la réponse de Schaufinger (qui manifesta sa satisfaction par un sourire) il inscrivit un nom sur un feuillet de bloc-notes et dit d'un ton hargneux : « Suasso! Block 72. N'oublie pas : *Schnell!* »

Lorsque, arrivé sur place, je dépliai ma feuille de papier je ne me doutais encore de rien, j'étais à mille lieues de penser que sous le nom de Sarah de Vries, née le 27 janvier 1925, j'allais retrouver Ninon. Ces yeux écarquillés, ce visage blanc comme un linge! Ce ne fut que plus tard que j'appris la façon imprévue dont c'était arrivé. Le vieux Nathan de Vries, le diamantaire juif, sans contredit le plus rusé des deux hémisphères, était tombé dans le traquenard le plus idiot qui soit : contre dix mille florins par personne, une évasion vers la Suisse, qui avait trouvé dès Maastricht sa conclusion prévisible entre les mains de la Gestapo. Un passage aussi coûteux ne pouvait pas être fiable, tout analphabète s'en serait douté. Une fois capturé, il avait bien sauvé ce qui pouvait l'être, par exemple en faisant enlever contre quelques autres milliers de florins le redoutable *D* de « disciplinaire » de leurs cartes d'identité, et en se procurant contre encore une même somme – ce n'est pas ma faute si tout ceci est répétitif – le cachet officiel qui devait préserver la famille de la déportation. Il figurait donc sur une liste, et même sur une bonne. Et tout ça pour en arriver là! Il me faut ajouter que dans ce village à population fluctuante je ne les avais pas encore remarqués : j'en reçus un choc, presque aussi violent que celui qu'ils ressentirent eux-mêmes, car le père et la mère, cela va de soi, s'étaient amenés tout de suite, lui, tripotant d'un geste nerveux un bout de papier tout violet d'encre à tampon et où se reconnaissaient les signatures anguleuses qui n'étaient que trop connues. Je n'entrevis qu'une seule issue : Cohn. Nous nous rendîmes chez lui, Ninon et moi en tête. Elle tremblait tellement que je dus la soutenir de mon bras qu'elle serra contre sa poitrine; elle claquait des dents. Ici je dois encore écrire un mot, un grand mot, trop grand même, mais je ne peux m'en dispenser sous peine de ne pouvoir poursuivre, d'avoir encore une fois à déchirer ces feuilles. Dieu! Dieu! je suis dans l'obligation absolue de consigner ce qui suit : jamais je n'ai éprouvé pour elle un amour aussi ineffable qu'en ce court moment en avançant le long des blocks, et en pataugeant dans la boue. Hélas! elle ne portait que de petits souliers bas et elle n'avait pas de manteau, et mon Dieu! mon Dieu! elle tremblait comme un oisillon. *Pavane pour une infante défunte*, que ce titre résonne, qu'il parle en mon nom! « Vont-ils vraiment me déporter, Monsieur?

– Il faut avoir du courage, Ninon, c'est ta seule chance de salut. »

Dans ce sombre « Inferno », *taciti, soli, senza compagnia*, hélas, Dante, quel enfer était-ce là? Tout ceci est conforme à la réalité, Dieu me soit en aide, il faut que je le dise, c'est bien là la vérité, celle que les autres fois je n'ai pas réussi à consigner. Nous nous tenions en présence de Cohn et, deux pas plus loin, il y avait Schaufinger jouant avec Bubi qui ne manque jamais un départ et caracolait autour de lui en jappant. *Ausweise*. Hélas, ils ne couvraient que les parents et les enfants de moins de dix-huit ans... née le 24 janvier 1925. Ce fut Cohn qui prit la décision : tout de suite en voiture, *« schnell, schnell! »* Puis : « Viens, Suasso, sois galant, mon garçon, donne un coup de main à cette jeunesse! » Étais-je déjà devenu un homme? L'enfant, car c'est ce qu'elle était redevenue, se jeta dans la boue et s'accrocha à mes genoux. *« Komm, Suasso! Ab! los! »* (Allons! Suasso, en route! Vas-y.) Je la soulevai à grand-peine et la portai dans mes bras, contre mon cœur qui battait la chamade, vers le seul wagon qui fût encore ouvert. *Ce goût de terre et de mort, ce poids sur le cœur, c'est tout ce qui reste pour moi de la grande aventure, et de vous, Yvonne de Galais, jeune femme tant cherchée – tant aimée...* Quelle misère que notre existence! c'est le néant, le néant le plus absolu. Derrière nous j'entendis son père protester s'adressant non à Cohn, mais à Schaufinger : « Mais je ne laisse pas ma fille courir ainsi toute seule à sa perte, que pensez-vous donc? » Et Schaufinger, prévenant selon son habitude : *« Aber Sie können ruhig einsteigen, mein Herr. Die gnädige Frau fährt natürlich auch mit. Gute Reise! »* (Mais prenez donc la peine de monter, Monsieur. Madame vous accompagnera certainement. Bon voyage!) Et, sur un signe de sa part, quelques S.O. poussèrent les vieillards dans le même wagon, la porte se ferma d'un coup sur ses glissières, nous eûmes droit au sifflet strident du mardi matin et à l'épilogue de Schaufinger : *« Na, Herr Cohn, da haben Sie sogar neunhundert zweiundsiebzig! Aber komm' doch, Bubi! »* (Eh bien, monsieur Cohn, vous en avez même neuf cent soixante-douze! Allons, viens donc Bubi!) Ces derniers mots s'adressaient au toutou.

Je n'étais pas encore aguerri, mais il faut bien dire que le chemin à parcourir était long. Deux soirs auparavant j'avais été de service pour évacuer la Fondation Oppenheimer, l'asile d'aliénés de Deventer. Il y en a bien quelques-uns qui ont dû s'échapper, tant parmi les soignants que parmi les malades, et j'espère qu'il y en aura un pour décrire cette scène, qu'il soit analphabète ou fou, car moi, je m'en vois incapable. Adelphi d'Amsterdam dirigeait les opérations en personne et avait demandé à Schaufinger de lui envoyer quelques douzaines des nôtres pour lui prêter main-forte. C'est ainsi que nous avons transporté vers les wagons, dans la nuit noire, des déments nus qui hurlaient. Lorsque je m'arrêtai un moment pour vomir, Adelphi lui-même m'allongea un coup de pied en criant : *« Schneller, Jude! »* (Plus vite, Juif!) Et nous courions *schneller* et nous balancions la femme qui se débattait et criait encore son angoisse sur l'amas des corps humains déjà entassés au fond du wagon, les uns tachés de sang, les autres d'excréments. Mes hommes, car c'est moi qui dirigeais le kommando, il fallait bien que quelqu'un assume cette fonction, mes hommes gémissaient, pleuraient et juraient tout en marchant, mais faisaient des tas comme s'il s'agissait de paquets-poste. Parmi ces malades il y en avait une assez grande quantité qui étaient bien portants, oui, des bien portants, mais qui s'étaient cru bien inspirés en supposant ingénument qu'un peuple de poètes et de penseurs était capable de se mettre au même niveau que des primitifs pour qui le malade mental est sacré et objet de bienveillance et de soins. A Deventer, il ne pourrait rien leur arriver, avaient-ils pensé, et une jeune fille de ma classe de 1re 2 avait tenu ce raisonnement et y avait trouvé refuge : elle se vit donc, comme les autres, balancée dans le wagon en poussant des cris horribles. Oui, Mona, balancée; je ne retrouve pas ton nom de famille et pour toi il doit être effacé pour l'éternité; il n'y aura pas d'inscription funéraire pour toi, Mona. Tu étais la petite mère de ta classe, tu étais assise au premier rang côté fenêtre : tu étais si honnête et si affectueuse : je bavarde ici quelques instants avec toi, Mona, qui as été entraînée à ta perte parmi les fous tout nus dans un wagon à bestiaux scellé dont la ventilation avait été arrêtée.

Comme c'est étrange, petite sœur juive à moi, c'est étrange que, effectivement, j'ai été en mesure de raconter ce qui est arrivé à Ninon, finalement d'un seul trait, mais que maintenant, assis à cette table, je sois là à chialer tout haut, et que je doive m'arrêter d'écrire, car mes yeux sont aveuglés par mes larmes brûlantes.

Il y a de plus en plus de monde ici, il faut que je me hâte. Pas mal d'enfants aujourd'hui, abrutis et fatigués, maussades et pleurnichards, ils sont arrivés au titre de sanctions, même un nourrisson, tout ça au nom du STO en Allemagne, quels ont bien pu être leurs crimes? Je l'ignore, d'ailleurs ça n'y changerait rien. Je ne peux pas dire que mes anciens collègues, les geôliers désignés pour cette prison d'un genre unique, les traitent avec douceur. Je l'ai déjà dit : nous étions de la racaille, de la pègre. Nous, ai-je dit, car j'en faisais partie, même si à l'heure actuelle je suis frappé par l'absence d'*esprit de corps* qu'il y avait entre nous. D'accord, nous n'étions liés que par notre commun rapport avec Cohn. Nous ne partagions même pas un block. C'est Cohn lui-même qui m'en a expliqué le pourquoi dans une de nos conversations.

– Regarde bien, Suasso, commença-t-il, comptons les Allemands qui sont ici : une douzaine tout au plus. Et ça doit, avec l'aide de ces quelques gendarmes dont la fidélité peut être mise en question, veiller sur tout un village juif.

Tu vois bien que cela engendre des problèmes, non ?

– A peine, Monsieur. Mille Juifs fuient en présence d'un seul SS.

Cohn sourit : « Georg m'a parlé de toi dans ses lettres, disons de ton ambivalence. Mais il y a quelques points que tu oublies, Suasso, vrai. Tu oublies par exemple que les premiers commandos d'Amsterdam contre les fascistes du NSB étaient bourrés de Juifs. Et tu oublies aussi qu'il existe une résistance juive. »

Ce fut à mon tour de sourire.

– Tu te trompes, Suasso, continua-t-il, tu te trompes tout à fait. On s'étonne de voir les antisémites hollandais sous-estimer cette résistance autant que les Allemands la surestiment. Ne t'y fie pas.

– Pourtant dans le camp, ici, ils filent plutôt doux, Monsieur Cohn.

– Que voudrais-tu qu'ils fassent, Suasso ? Une révolte ouverte ? Eh oui, dans ce cas la douzaine d'Allemands ne ferait pas long feu, pas plus que Cohn, Schwarz et peut-être Suasso, pour être en bonne compagnie. Et alors ? Et après ? Non, Suasso. Il existe une autre sorte de résistance qui est à l'œuvre ici. Sais-tu qu'il y a régulièrement des gens qui s'échappent ?

Je le regardai avec incrédulité.

– Ici même. Malgré les sentinelles, les mitrailleuses, les barbelés, le contrôle, les appels, les fichiers, l'immatriculation. Je me suis parfois demandé si ce n'est pas la perfection même du système qui permet les fuites et je n'en ai que faire. Schaufinger est au courant, naturellement, sinon Schwartz ou quelqu'un le lui aurait déjà glissé dans le creux de l'oreille pour prendre ma place. Mais Schaufinger sait aussi que Schwarz ne vaut guère mieux que moi. Schwarz est un petit escroc, Rosenfeld un intrigant, Goldstein un malotru et Sacher est trop convenable – c'est celui-là qui est le plus impropre à cette fonction.

– Mais que redoutez-vous donc, Monsieur?

– Schaufinger, malgré tout. Un beau jour il peut quand même ne plus le supporter. Ou bien des ordres viennent de La Haye : « Fichez-nous Cohn dans un convoi et cherchez jusqu'à ce que vous ayez repéré qui en réalité est responsable de ces fuites. » Tant que ce danger persiste, je dois être ce juif-là. Le S.O. doit m'aider à cela, chacun de vous dans un block différent.

– En observateurs?

– En espions, Suasso, tout simplement comme espions. N'employons pas de grands mots ici : comme espions. Tu ne t'es jamais imaginé une chose pareille du temps où tu étais professeur, non? Ton rôle sera de t'introduire selon l'emploi du temps dans les baraques, même chez les femmes et les enfants. Tu observes et tu viens au rapport. Tu organises un jeu de piste, mais n'oublie pas l'enjeu de cette partie. Un succès signifie une promotion. Une absence de résultat peut présager un voyage vers Auschwitz en compagnie de Cohn : sans retour, un aller simple. *Kurort Auschwitz* (ville d'eaux Auschwitz) il vaut encore mieux séjourner dans les landes de la Drente, tu peux me croire.

Et c'est ainsi que commencèrent mes pérégrinations à travers les blocks. J'ai fait allusion à Dante, mais le béotien que je suis ne réussit pas à croire en son Enfer. Je n'ai pas le même problème ici. Et comment! Pour moi il y a là des faits et je me rends graduellement compte que je devrais pouvoir les inclure dans le cadre de quelque mythe démoniaque si je veux convaincre autrui, ce lecteur ou ces lecteurs, de leur réalité.

Cet enfer n'a d'existence que dans le moment présent. Il n'y a pas de passé et pas d'avenir, tout le monde en est conscient dans le fond de son cœur. Le passé est mort : c'est un adjectif qualificatif; le futur est la mort, un substantif. Entre les deux se place en ce point précis l'étroite ligne de crête : la vie. Et cette vie est faite de la recherche d'un lacet, d'une bagarre pour une place au coin du feu, de la fugitive *naturalwirtschaftliche* (conforme à l'économie de troc) rencontre avec une femme, d'une solitude insupportable et d'une promiscuité plus insupportable encore; pour en arriver, de semaine en semaine, à ce comble de l'horreur, à l'atroce et indicible épouvante de cette seule nuit, de la nuit précédant le convoi : cette précipitation apocalyptique, sans cesse renouvelée, de centaines d'êtres humains dans l'anéantissement et la mort.

Comme c'est étrange! Voici plus de quinze jours, dix-huit pour être précis, j'ai commencé ma première relation, quelque dix jours plus tard la seconde et les deux ont abouti à un échec. Maintenant, après bien des à-coups au début – en me relisant je suis capable d'en rire – ça coule de source et chaque mot se met en place avec un petit déclic, des détails oubliés me reviennent en mémoire, des rapports deviennent évidents. Ainsi, est-ce aujourd'hui seulement que je me rappelle le jour où je compris clairement le besoin d'écrire ressenti par tant d'entre nous, et ce ne fut pas un hasard, je m'en rends compte maintenant, si cela se passa justement le jour de l'incident mineur qui survint entre Cohn et Henri le Rouquin, le seul gendarme à qui on ne pouvait se fier. Celui-ci, s'adressant soudain à Cohn, paré de sa vareuse et de ses bottes, en tournée d'inspection, cria : « Stop! viens un peu ici toi là-bas! Oui, toi! Est-ce que tu ne peux pas me saluer? » Cohn, qui effectivement ne l'avait pas vu, saisit le danger d'un coup, se mit au garde-à-vous et resta figé, raide, la casquette à la main. « Réponds, youpin! – Mes excuses, mon-

sieur le brigadier, je ne faisais pas attention, je...
– Je n'ai pas besoin de tes excuses, youpin! Si cela se reproduit je ferai un rapport. Et maintenant, rompez! » Je sentais les yeux de tous les internés fixés sur nous lorsque Cohn exécuta un demi-tour droite impeccable et s'éloigna. Je perçus leur jouissance, leur joie cynique, leur mépris ironique. Toute la pseudo-hiérarchie se voyait ébranlée sous le premier coup porté par le plus infime des Philistins. C'était merveilleux pour eux, naturellement, mais que ce fût merveilleux, voilà justement ce qui en fait l'horreur (je m'en rends compte maintenant).

Curieusement cet incident mineur (« pas si mineur que cela » dit Jacob) fut pour moi l'occasion de faire la connaissance du « rebbe ». Je lui donnai ce titre après avoir entendu une conversation dans le block (j'étais souvent aux écoutes, et avec une grande attention), mais nous n'avions encore échangé aucune parole. D'ailleurs, je continue à l'appeler ainsi bien que j'aie appris de sa propre bouche qu'il n'était pas du tout un rabbin, même pas un *moré :* la raison de cela, il me l'a donnée au cours d'une des innombrables histoires qu'il me raconta lorsque nous eûmes des relations d'amitié.

– Toi, tu n'as même pas reçu une demi-heure d'enseignement juif dans ta vie, Henriques. D'accord, tu sais ce que j'en pense. De toute façon, l'enseignement de la religion, c'est mon affaire et si on y pense bien, nous sommes un peu collègues sur les bords, tu ne te vexes pas pour autant, j'espère. Bref, ce n'est pas de ça que je voulais parler. Un jour voilà que le Corbeau s'amène dans ma classe – le Corbeau, tu sais qui c'est, non? Allons-y : le Grand Rabbin, quoi. Un chic type, Henriques, loin de moi l'idée de dire du mal du Corbeau, un homme bien, mais rigoureux, rigoureux, tu n'as pas idée. Or, j'étais en train de traiter un sujet du tonnerre avec les enfants. Dommage que de ta vie tu n'aies lu une ligne de la Bible, car cette histoire-là on la trouve assez vite après le début. Tu n'auras qu'à la lire quand tu ne seras pas de service, à Genèse 19 : Abraham qui marchande avec le Juge de l'univers et lui demande s'Il veut épargner la ville de Sodome s'il s'y trouve cinquante justes, et si oui, s'il y en a quarante-cinq, et en poursuivant il descend jusqu'à dix. Bon, me voilà si enthousiasmé que je descends jusqu'à cinq.

– A tes yeux, sans doute, cinq c'était suffisant?

– Tu tombes pile, Henriques, sois-en béni. Un seul me suffit. Ne vois-tu pas chaque jour dans ce camp comment on peut devenir injuste dans Sodome et Gomorrhe? Mais, pour en revenir à mon histoire, je vais en quelque sorte au-delà du but, ou plus précisément de la ligne d'arrivée, je descends jusqu'à cinq. C'est là qu'intervient le Corbeau. Il me convoque après le cours et se met à vider son sac : M. Hirsch, vous faites tout à fait erreur dans votre enseignement à l'adresse de ces enfants. Si Abraham s'arrête après dix justes, vous n'avez pas, vous, à descendre jusqu'à cinq. C'est de l'insolence. J'avais pensé vous donner le titre de *moré*, mais provisoirement vous aurez à vous en passer. J'avais aussi eu l'intention de vous accorder une augmentation de 250 florins. Vous ne l'aurez pas non plus!

– Belle punition!

– Eh oui, c'est ainsi que cela se passait dans la *kille* [1]; toi, naturellement tu ne le sais pas. Et

1. Communauté juive.

je peux te dire que le titre de *moré*, je m'en fichais plutôt, mais que chacun de ces sodomites m'ait coûté cinquante florins pièce, ça c'était bien dommage.

Nous avons bien ri tous les deux. D'ailleurs j'ai eu beaucoup d'occasions de rire avec le *rebbe*, en fait dans ce camp il est le seul avec lequel j'ai ri de bon cœur, pour le plaisir d'être ensemble. Car là où il était il y avait de l'ambiance, chose rare dans un camp, et ça, bien qu'il fût dans le block 52, le plus ignoble de tous, à l'ambiance la plus pestilentielle, aux abords du zéro absolu. Tout block bourré d'êtres humains est déjà en soi une calamité en matière de cupidité, d'égoïsme, d'ambition, d'indiscrétion, et chacune de ces passions est une véritable maladie. Dans tout block, des gens honnêtes et bien élevés peuvent se transformer *in no time* en tyrans, menteurs, goujats, voleurs, mais le block 52 était à nul autre pareil. Ce qui en un seul après-midi de dimanche pouvait s'y débiter comme « qu'en-dira-t-on », insanités, calomnies et scandales, pourrait suffire à alimenter une infâme feuille de chou. *Man sollte mitstenographieren* (on aurait dû le prendre en sténo), dit Tucholsky. Ici aussi se produisit ce phénomène stupéfiant : un homme qui à lui seul réussit la gageure non seulement de conserver son intégrité, mais qui aussi rayonne. J'avais été posté comme espion dans la baraque 52, quelques jours avant son arrivée, parce que je n'avais rien pu trouver dans les autres. Même pour le block 52 Cohn me laissait peu d'espoir, car il comprenait qu'il n'y avait pas là de quoi alimenter une activité périlleuse. « Plus il y a de rouspétance, moins il y a de résistance », dit-il, et au fond, c'est assez normal. Avec l'arrivée de Jeremiah Hirsch, l'ambiance n'avait certes pas changé immédiatement. Et pourtant, de façon imperceptible, et pour moi incompréhensible, sa présence « agit » dès l'abord; il avait beau ne pas être un rabbin ou un moré, une certaine influence agissait en douce, qui n'est pas spécifique aux Juifs : en sa présence les gens, un peu troublés, montraient plus de retenue, même si derrière son dos ils ne se privaient pas de parler de lui sur un ton très familier et de pester contre son ministère et ceux qui l'exercent. Plus on s'habituait à lui, plus on éprouvait de gêne et mieux on se conduisait. C'était curieux. Pour moi il était le premier homme d'Église que j'eusse rencontré. A la maison il n'en était jamais question et le pasteur de Mère n'avait pas été homme à éveiller en moi un grand intérêt pour ses collègues juifs. Comme je l'ai dit, je l'avais entendu appeler « rebbe » et ce mot, avec la nuance ironique qui lui est accolée, n'était pas sorti de mon esprit. Mais cela n'a pas dû être le seul argument en sa faveur. En tout, je m'en rends compte maintenant, il était l'anti-Cohn : très frêle et fin, avec un grand front et ce qu'on avait coutume d'appeler du temps de Bosboom-Toussaint « un noble visage »; il boitait légèrement, séquelle d'une paralysie infantile, et il m'aurait été aussi impossible de me le représenter avec un uniforme que Cohn sans. Ses yeux surtout, grands et sombres, étaient superbes; sa voix était pleine de retenue et d'harmonie. Naturellement il n'arborait pas la prétentieuse casquette de Cohn, mais portait une discrète calotte.

Je me souviens : notre première conversation eut lieu tout de suite après l'humiliation de Cohn par Henri le Rouquin. Il se tenait à l'entrée de la baraque au milieu de quelques compagnons d'infortune dont le visage reflétait la malignité, de sorte que je sentis les mains me démanger. J'aurais aimé les précipiter à coups de pied dans le block disciplinaire, là où je me trouve moi-même à l'heure actuelle. Il me regarda droit dans les yeux et dit, en désignant Cohn :

– Pauvre type! Je n'aimerais pas être à sa place.

– Surtout pas, dis-je pour exhaler mon venin. Vous devez penser que pareille chose ne peut vous arriver à vous? Comme si vous, vous pouviez émettre des prétentions contre un tel salaud : permettez-moi de vous assurer avec force que le sort de M. Cohn reste plus enviable que le vôtre. Bon, voilà qui était bien envoyé.

Il ne s'émut pas pour autant.

– Ça, je m'en rends bien compte. M. Henriques, c'est bien là votre nom, n'est-ce pas? Le mien est Hirsch. Ce n'est pas la peine de me préciser ce qu'est M. Cohn, du moins à l'intérieur de ce camp. Je le sais, et peut-être encore mieux que vous. Dans ces conditions je répète : je ne voudrais pas être à sa place. Il est à plaindre parce qu'il ne peut rien faire en retour, absolument rien.

– Et vous, que pouvez-vous faire en retour?

– Vous tenez à le savoir?

– Volontiers. (Oui, Jacob, j'ai dit volontiers, car toi tu sais que j'étais un espion, un vulgaire rapporteur et que mon devoir était de m'intéresser à cela. Toi, tu dis que ce n'était pourtant pas tout à fait ce qui était en cause, qu'en fait il y avait déjà autre chose. C'est possible. J'ose l'espérer.)

– D'accord, Monsieur Henriques. Vous ne savez pas l'hébreu, je suppose. Non? Vous me répondez : pas un mot? C'est bien dommage, bien dommage, mais je m'en doutais un peu. Nous saurons nous en tirer quand même. Accompagnez-moi donc, là, près de la couchette, là vous trouverez ma bibliothèque, succursale Westerbork. Une minute. » Tandis qu'il feuilletait le livre il s'adressa à quelques compagnons de chambrée : « Venez donc, vous aussi, nous n'avons pas de secrets pour vous. Dommage que vous ne soyez pas au moins dix. » Voilà, j'ai trouvé. Vous tenez absolument à l'apprendre, Monsieur Henriques? Oui? D'accord, mais alors j'ai une prière à vous adresser : veuillez lire, vous, à haute voix, ce qui est écrit ici vous voyez, c'est le Livre de Josué. Vous n'y aviez jamais jeté les yeux, je pense. Non. Lisez donc, mot par mot, pas trop vite, alors tout le monde pourra entendre.

Et j'ai lu : « Le Seigneur Dieu est à vos côtés en quelque endroit de l'univers que vous vous rendiez. » Je vis ses lèvres remuer, il accompagna la lecture d'un murmure que je ne saisis pas.

– Merci, Monsieur Henriques. Voilà ce dont il s'agit. Vous me demandez ce que je peux faire en retour : je n'ai donc pas répondu à votre question point par point, car c'est naturellement cette riposte que nous pouvons donner. D'ailleurs vous ne vous déclarerez pas satisfait de ma réponse, mais nous reviendrons là-dessus. Du moins si vous êtes d'accord. Pas maintenant, car je travaille au tri et il est l'heure que je m'y rende. Ma femme y est aussi : elle est logée avec nos jumeaux dans le block 16, encore plus près des latrines, avec encore plus de confort moderne. Veuillez m'excuser, Monsieur Henriques. Ah oui, si vous vouliez poursuivre votre lecture, à côté de la couchette, vous l'y trouverez toujours. C'est, en effet le seul objet, dans ce camp tout entier, qui ne risque pas d'être volé.

Que de fois, ensuite, avons-nous conversé ensemble? Et sur quels sujets? Je ne possède pas la mémoire sans faille d'Eckermann, toutes les conversations relatées ici sont nécessairement des reconstitutions, que j'essaie bien de rendre correctement, mais il m'est arrivé de les altérer en dépit de mes efforts. Dommage que nous ne les ayons pas enregistrées (quelle idée, ici!), dans ce cas j'aurais non seulement conservé le timbre de sa voix, mais je comprendrais mieux comment au cours de chaque conversation il nous faisait prendre la même direction sans que j'aie jamais perçu l'ombre de prosélytisme et cela chez un homme qui, contrairement au pasteur de Mère, n'affichait aucune absence de parti pris. Souvent nous partions d'un bon mot, de quelque remarque provocante émanant de lui, puis, en un rien de temps nous étions plongés dans un débat allant vraiment au fond des choses. Comment il s'y prenait, je ne le sais toujours pas, mais presque chaque fois nous aboutissions à la même conclusion que la première; aux autres cela a dû paraître assez farfelu : moi dans mon uniforme de SS lisant à haute voix et le *rebbe* en face de moi, m'accompagnant de son murmure incompréhensible; je pense qu'on voyait en nous, en moi du moins, le *« mesjoggene Portegies »* que j'étais de naissance, et à plusieurs reprises je perçus des rires et des chuchotements réprimés. Mais je me souviens aussi du silence absolu qui régnait autour de nous cette fois où, à sa demande, je commençai à lire le psaume 123, car aux paroles « et je descendis aussi dans un vallon de l'ombre de la mort » je ne fus pas en mesure de continuer, de sorte qu'il me prit le livre des mains et continua de sa voix douce mais claire, en néerlandais cette fois.

Je suis toujours installé à cette table, mais il m'est de plus en plus difficile d'écrire ici. Non, la fréquentation du *rebbe* n'a certainement pas fait de moi un saint. Dans ce vacarme – j'ai de la peine à ne pas crier à mes compagnons : « Puisque de toute façon dans quelques jours vous allez vous voir précipités dans le néant, pourquoi ne pas la fermer dès maintenant ? » Ceci en particulier à l'adresse de quelques spécimens nouveaux (le plein est presque fait), des vieilles dames évacuées de maisons de retraite et qui, pour je ne sais quel crime, ont échoué dans ce block; elles ne sont qu'une douzaine, mais toutes ensemble elles n'ont aucune peine à représenter le règne de mille ans, avec, en moins, le silence que nous pouvons espérer y trouver. Elles jacassent à longueur de journée sur leur argenterie d'autrefois, les tapis qui ornaient jadis leurs escaliers, comme de leurs bonnes ou de toute autre chose à laquelle vous pouvez penser. Tout simplement elles ne comprennent pas, elles ne sont conscientes de rien, elles n'ont aucune idée. Je ne me sens même pas devenu prosémite à fréquenter le *rebbe*, tout au plus un rien moins antisémite, et certainement un peu plus juif. Que le diable m'emporte si je sais ce que cela peut signifier! De cela aussi nous avons parlé, lui et moi : nous avons même atteint le cœur du problème par le biais de l'habituelle plaisanterie. C'était un soir de revue à la suite d'un convoi particulièrement horrible, composé uniquement de vieillards et complété de malades et d'une grande quantité d'aveugles, matériel fourni par la fondation juive en faveur des aveugles à Amsterdam. Nous, le S.O., nous étions débordés, surtout parce que Cohn, harcelé par Schaufinger, s'acharnait sur nous encore plus que d'ordinaire; il cherchait certainement à se débarrasser au plus vite de ces misérables sans défense et, d'humeur massacrante, il nous lançait à la figure ordre sur contrordre. Ce fut un soulagement quand nous les vîmes tous bel et bien (« bel et bien », souligne Jacob) enfermés dans le wagon, à coups de bâton par certains d'entre nous; je vois encore les larmes dans les yeux éteints d'une pauvre vieille lorsque Cohn lui cingla les mains d'un coup de cravache, je ne sais pour quelle raison. J'étais très déprimé et, voulant me changer les idées, je pris le chemin du café-concert, lorsque je me trouvai devant le block en présence du *rebbe* et l'invitai, non sans quelque provocation, à m'accompagner.

Selon son habitude, il ne me répondit pas tout de suite :

– T'accompagner? D'accord, mais à une condition : qu'ils donnent un opéra.

– Prends garde, Hirsch, je t'assure que Schaufinger ne se privera pas d'un tel spectacle un jour ou l'autre. Peut-être *Fidelio*, qu'en penses-tu? Ça se joue aussi dans une prison et pour ce qui est de l'ambiance, elle est bonne ici, n'est-ce pas?

– Eh bien, Henriques, je ne saurais que dire. Il faut que je voie cela de plus près. Beethoven a beau ne pas être un Juif, il aurait pu être un Juif *honoris causa,* ne serait-ce qu'en raison du chœur final de la Neuvième, *« Alle Menschen werden Brüder »* (Tous les hommes deviennent frères). N'est-ce pas dans la ligne de Schaufinger? Il ferait aussi bien de commencer par Offenbach ou Meyerbeer.

– Meyerbeer? Très peu pour moi.

– Oui, toi tu t'alignes naturellement sur Richard Wagner, encore un de ces bons amis des Juifs. Non, mon garçon, Meyerbeer n'était pas si *mesjogge* que ça. En tout cas, même s'il n'a pas écrit un chef-d'œuvre, il est quand même responsable de l'opéra le plus sympathique. A mon avis du moins. Et si on y pense bien, pour toi aussi.

– Allons, sors-la, ta blague. Lequel?

– *Les Huguenots.* Tu n'y avais pas pensé, hein? Et tu sais pourquoi? Ça je l'ai appris de feu mon père. Il disait toujours : en ce qui me concerne, *Les Huguenots,* c'est une merveille d'opéra, une merveille : les protestants et les catholiques y passent leur temps à se massacrer et c'est un Juif qui a écrit la musique. Que veux-tu de plus?

Je ris : « Tu les détestes donc tant que cela, les protestants et les catholiques? lui demandai-je.

– Moi? les *goyim?* Mais non, quelle idée! Ce n'était qu'une blague. Les détester, moi? Certainement moins, peut-être beaucoup moins que toi, mon petit garçon.

– Comme c'est curieux que tu dises ça.

– Curieux? Ai-je raison ou non?

– Oui, en partie du moins. En partie : j'ai l'impression que ces temps derniers je me suis rapproché de ce pays, de ce pays, fais attention, du pays. C'est ici que je suis chez moi, et nulle part ailleurs. Mais de la population? Non, ça je ne peux pas le dire. Je crois même que je suis en train de prendre mes distances avec elle. La population... ressens-tu cela aussi?

– Je saisis exactement ce que tu veux dire et je dis : non, non et encore une fois, non!

– Ça c'est tout à fait étonnant : toi en tant que Juif, en tant que Juif orthodoxe...

– Et toi, ne serais-tu pas juif, par hasard?

– Naturellement que si. Ne suis-je pas affublé de l'étoile? Ne suis-je pas ici à Westerbork?

Évidemment, mon intention était de me montrer ironique, mais il ne s'en aperçut pas, ou feignit-il de ne pas s'en apercevoir? De toute façon il m'interrompit :

– Exactement, mon ami, exactement : voilà pourquoi tu es un Juif, et pas seulement pour ça, ça va de soi, mais les autres raisons nous les verrons plus tard, lorsque tu auras fait un pas de plus et que de Néerlandais juif tu seras promu à la dignité de Juif néerlandais. Il y a encore un bon bout de chemin à faire, je m'en rends bien compte. Donc contentons-nous d'aujourd'hui. Aujourd'hui, toi et moi, en tant que Juifs, unis en un même destin, nous sommes confinés derrière des barbelés. Tu n'as pas idée de la quantité de barbelés qui figurent dans notre histoire juive, une pure symphonie de barbelés. Mais cela crée un lien, et il est solide, pour peu qu'on y reste accroché. Et cela ne saurait manquer tôt ou tard.

– Mais tu devais m'expliquer...

– Oui, en effet. Nous n'avions pas épuisé ta question. Encore une fois : je n'ai pas pris mes distances à l'égard des Juifs, bien au contraire, mais pas non plus à l'égard des autres. Précisons : de mon prochain.

– Même des Allemands ?

Il inclina la tête. Mon attention était extrêmement tendue. Un instant encore il hésita, et enfin il dit, tout bas, dans un souffle : « Même pas des Allemands. » Puis, élevant progressivement la voix : « Oh, Henriques, tu n'as pas idée de ce que ça peut être difficile, pourvu que je puisse tenir jusqu'au bout. Car je ne suis qu'un être humain. Tu sais que ma Léa est dans le camp avec Ben et Judith, dans la baraque 16. C'est ça qui est le plus dur. Mais il faut que je fasse encore cet effort. Aide-moi un peu ; pas nécessairement tout le temps. Mais parfois, par moments. Continue à avoir confiance en ton prochain, surtout dans les gens ordinaires.

– C'est pourtant une bande de salauds ici, les gens ordinaires. Quand on regarde autour de soi...

– Hélas oui, oui. Crois-tu que je sois aveugle ou sourd-muet. Je n'idéalise ni les choses ni les personnes. Pendant des années j'ai vécu parmi les plus pauvres, *mon curé chez les pauvres*. Mais, même en ce lieu qui est pire que Sodome et Gomorrhe réunies, même ici on trouve encore quelques justes. Pas beaucoup, mais plus que toi et les gens de ton espèce...

– Les gens de mon espèce ?

– Oui, Henriques, toi et les gens de ton espèce.

Montre-toi aussi indigné que tu le voudras, je sais bien, moi, ce que je dis. Les gens de ton espèce (tu m'entends bien?) sont toujours pleins de mépris pour les gens du peuple. Ce sont les gens de ton espèce qui s'arrangent pour expédier en premier lieu les gens du peuple vers la Pologne : d'abord les porteurs de casquettes, puis ceux qui coiffent un chapeau. Si toi-même tu n'étais pas à moitié fasciste, tu aurais pu tirer ces conclusions de la lecture de Marx. Moi, je n'ai pas étudié l'économie et je fais appel à un autre livre, que tu ne connais pas non plus. Pourtant il y est décrit avec précision à quel point ce peut être séduisant, mais aussi comme c'est grave. Bref, tu commences à savoir où le trouver : à côté de la couchette. Tu y liras de tes propres yeux comme il est bon de se reposer sur les gens ordinaires et tu y apprendras que l'attitude opposée, c'est-à-dire ton orgueil, ne te mènera nulle part. »

Ce soir-là je ne me rendis pas au cabaret, je restai à lire. Pourtant grâce aux potins circulant dans le camp, je sais à peu près ce qui s'y passa. La revue qui venait d'être montée, un nouveau spectacle d'un luxe à tout casser, fut le grand succès d'une saison déjà très réussie qui avait été riche en réalisations exceptionnelles. Ce qui passa le mieux la rampe, ce fut le dernier tube, repris en chœur par la salle tout entière : *« Der Kurt, der Kurt, der liebt uns ja wie seine Kinder »* (Ce Kurt, ce Kurt, il nous aime comme si nous étions ses enfants). Schaufinger, Kurt Schaufinger bien entendu, très flatté, fit venir auprès de lui la soubrette Lizzy Heine et lui adressa ce qui pour lui était le compliment suprême : *« Wie, schade, Fraülein, dass Sie Jüdin sind! »* (Comme c'est dommage, mademoiselle, que vous soyez juive.) Lizzy suscita une envie généralisée. Moins de quinze jours plus tard elle se retrouva dans le train.

Le train. Je ne peux plus éviter ce mot : il ne pouvait manquer de se produire, le voici et je sens qu'il demeurera jusqu'à la fin de ce récit.

Le train. Aldous Huxley dit quelque part de l'âme masculine qu'avant d'arriver à maturité elle est *naturaliter ferrovialis* et je puis affirmer, au souvenir de ma propre jeunesse : cela est vrai; l'enfant, par nature, aime le train, est attiré par les trains. Mieux encore : pendant des années je me suis senti étrangement ému lorsque cet engin puissant entrait en gare; j'en éprouvais une véritable jouissance. Je me vois encore en vacances à Zandvoort et préférant aller voir les trains plutôt que rejoindre la plage. C'est ça le petit garçon, la petite créature invraisemblable que j'ai dû être. Mais, conformément au plan de Cohn, je dois avoir mûri, car je ne me sens plus *ferrovialis* et je ne pourrai plus jamais l'être : le train est devenu pour moi dans ce camp le symbole même de la souffrance et du malheur, de la mort, non, du mal en soi. Et j'ai appris à haïr le mal. (« Grâce au rebbe », chuchote Jacob.) C'est possible, il a certainement participé à cela.

Le train, le train. Il arrive et il s'en va, mais plus intolérable que cette arrivée, que ce départ, est la régularité avec laquelle ces moments se produisent. Qu'il vente, qu'il neige, qu'il y ait du verglas, le train roule. Aucune alerte aérienne ne le retient : le train roule. Nos alliés démolissent de fond en comble des nœuds ferroviaires entiers, détruisent des ponts et des dépôts, des ateliers de réparation avec le matériel, mais le train roule. A Amsterdam il y a eu une grève à cause de la déportation de quelques centaines de Juifs, mais ici, d'où l'on en déporte sans interruption des milliers, tout le monde exécute sa tâche et personne ne s'y refuse; aucune traverse n'est déplacée, aucun boulon dévissé.

Le train, c'est le diable. Le voilà qui surgit de l'obscurité, avec ses phares aux reflets blafards, le voilà qui braille son triomphe sur nos têtes en un sifflement strident, le voilà qui, ahanant, glisse lentement le long du quai pour finir par s'arrêter dans le chuintement de la vapeur bouillante et une ultime trépidation : il ressemble à un monstre préhistorique d'une puissance redoutable, le dragon d'un mythe plein d'agressivité. Soudain il est là, en plein camp, comme évoqué hors de l'enfer par une formule magique. Georg, sur ce point, avait raison, en comparaison du train la guillotine est un jouet.

Sans oublier qu'il n'entre en scène qu'aux actes IV et V de la tragédie qui se joue ici chaque semaine une fois, parfois deux, un drame qui est toujours le même et toujours différent. Mais dès que ce démon a été propulsé du fond de l'abîme, chacun ressent sa présence muette comme aussi inéluctable que celle des trompettes retentissantes du Jugement Dernier.

Il débute dès le dimanche après-midi, ce drame. Au premier acte se manifeste le phénomène dont Cohn a donné la juste définition : le projecteur de ragots fait un tour de 180°. Pendant toute la semaine il a été dirigé sur le monde extérieur, surtout, sur les événements de la guerre. Il sait quelles villes ont été reconquises, quels sont les plans de Churchill, à quel point Mussolini est plongé dans la merde. Quand j'y pense maintenant, je ne peux même pas dire qu'il ait menti; ce qu'il a annoncé, c'est bien la vérité, mais une vérité future : il affirme et a la mission de prophétiser. Les villes dont il annonce la chute seront effectivement reconquises, mais bien plus tard, et pour beaucoup parmi nous, trop tard. Mais ici c'est comme en classe : pendant un instant on veut croire, on veut jouir d'un rêve, on veut se bercer d'illusions. Le dimanche après-midi donc, le projecteur fait demi-tour, se dirige sur nous et sur les jours et les heures à venir, renseigne avec une imprécision puérile : *« le train ne viendra jamais »;* il vient toujours. *« Schaufinger est absent »;* Schaufinger est toujours là et la seule fois où il est parti en congé, Frau Wirth (toujours avec Bubi) s'est acquittée de sa tâche encore mieux et certainement avec plus de cruauté que lui. *« Nous allons être l'objet d'un échange »;* les Juifs sont apparemment trop précieux ou trop dénués de valeur pour être échangés contre quoi que ce soit. *« Le Gouvernement de Londres doit..., la Suède a le droit..., Staline veut..., Roosevelt peut..., Churchill fera... »* de toutes ces certitudes une ligne de causalité mène de toute façon à la certitude suivante : *« cette semaine il n'y aura pas de convoi ».* Et, bien entendu, le convoi arrive, toujours. Une pendule est encore susceptible de s'arrêter, mais le train arrive infailliblement.

Le lundi après-midi, chaque semaine, réunion convoquée chez Schaufinger. Mot d'ordre : être rasé de frais, avoir les bottes bien brillantes, chaque bouton à sa place, comme pour une cérémonie. En fait, c'est bien de cela qu'il s'agit; il m'est arrivé de jouer avec une idée impie : la séance devrait commencer par une prière. La table ronde est prête (le « Tribunal du Sang », dit Jacob). Le commandant du camp est le seul à ne pas porter l'étoile, comme Napoléon était seul à ne pas afficher de décorations au milieu des maréchaux tout chamarrés d'or, lui, le seul qui eût son mot à dire. Voici les maréchaux, les six, sept *Dienstleiter* avec Cohn comme chef d'état-major et moi derrière lui, son second. Tout est rigoureusement secret : la discussion porte sur le prochain train. Le camp est incommensurablement intéressé à savoir quelle est la menace qui plane, donc combien il y en aura qui passeront sous le couperet et qui sera du nombre. Combien, cela signifie le « nombre ». Le nombre, celui de 666 qui figure dans l'Apocalypse de saint Jean : le nombre surgit, le nombre règne, le nombre *est*. Le nombre de la Bête se trouve dans l'Apocalypse (il y a trois mois je ne m'en doutais pas) : en effet, c'est le nombre de la Bête; nous ne savons que trop bien d'où il provient et nous sommes conscients qu'on est aussi peu en mesure de le modifier, lui, que le niveau du baromètre. Un nombre mathématique peut être composé de facteurs, mais celui-ci, le nombre du camp, est fait d'êtres humains par unités, ajoutées les unes aux autres. Toutes sortes de personnes très différentes, des hommes et des femmes, des vieux et des jeunes, mais tous unis maintenant et séparés en une même terreur. Chaque numéro pris séparément, je ne peux assez le répéter, est un être, un être humain, plongé dans l'angoisse, dans les affres de la mort, et à juste titre.

Nous nous mettons à compter. Cohn a déjà préparé son bloc-notes et dévisse son stylo. En premier lieu on s'occupe de ceux qui sont *onges-*

perd (à découvert). Il en existe, ce sont les parias de notre société si riche en castes. « A découvert » : il serait encore préférable d'avoir la lèpre. Ceux du block disciplinaire, notre léproserie, sont presque tous du nombre : il ne s'agit pas alors seulement de ceux qui ne sont pas protégés, mais aussi de ceux qui ont perdu leur protection, comme c'est mon cas, maintenant. Avec un peu de chance nous trouvons notre compte pour la semaine parmi ceux-là. Sinon..., car cela ne réussit pas toujours et le STO ne peut attendre, et alors il nous faut chercher le complément dans tous les coins du camp. Les malades surtout offrent alors des possibilités. Plus il y a de monde dans le block disciplinaire, moins on prend de malades, c'est évident; si des familles entières ont été arrêtées en bon nombre, ceux de l'hôpital ont la mine réjouie, sinon, ils font triste figure. Ces malades semblent particulièrement aptes au STO, car plus on est malade, désarmé, et plus on entre en ligne de compte. Mais malheur à nous si nous n'atteignons pas le nombre voulu, alors ça barde. Alors les listes *platzen* (éclatent, ne servent à rien), alors les cachets officiels perdent toute valeur, les *Ausweise* sont du papier de rebut et soudain se rompent ces mille et une petites digues avec lesquelles, parfois au prix de milliers de florins, on avait élevé, rêvé, autour de soi une certaine sécurité.

Oui, ce nombre cause bien des casse-tête à notre assemblée. Mais nous finissons toujours par l'atteindre et finalement ce n'est pas si terrible que ça, car, et cela va de soi, nous, nous restons ici, nous, nous figurons pour ainsi dire sur notre propre liste. Après cette corvée nous devons établir un schéma d'embarquement : tant de wagons, tant de personnes; chaque wagon doit avoir un responsable et parmi ceux-ci est choisi un chef de file : d'après les Allemands rien ne peut se faire sans une telle hiérarchie et les Juifs finissent par considérer que c'est la chose la plus naturelle du monde. On prévoit aussi un médecin de garde, parce qu'un voyage de quelques journées dans un wagon à bestiaux mal aéré pourrait être mal supporté par d'aucuns : *« Und wir sind keine Unmenschen »* (Et nous ne sommes pas des monstres). Heureusement de tous temps les Juifs ont exercé la médecine, donc des médecins il y en a en abondance; j'ai déjà relaté comment est parti notre médecin de famille : lui aussi a accompagné un convoi. Ensuite la séance est levée et nous allons, au mépris d'Aristote, vers le block des immatriculations. Là on établit la grande liste, celle du nombre complet et on le divise en unités jusque dans les moindres détails, un travail de précision, donc. On commence par enlever de la cartothèque les fiches de tous ceux qui sont libérés pour le convoi, ce qui ne veut pas dire libérés de convoi : *vive la petite différence.* Ou s'il me faut de toute façon une citation en français : *à nous la liberté!* Car même si nous ne disposons guère de renseignements sur Auschwitz, nous savons pourtant qu'au-dessus de la porte d'entrée on peut lire : *« Arbeit macht frei »* (Le travail rend libre) et il y en a parmi nous qui y voient un indice favorable.

Le camp est dans l'attente. On ne sait rien, mais le nombre finit par filtrer, Dieu seul sait comment. Encore une fois aucune certitude, des suppositions. Même celui qui se sent le mieux protégé a certains moments pâlit, sent le sol trembler sous ses pieds, se figure être menacé et éprouve le besoin de recevoir des vitamines P (« Protection »). Car c'est de là que vient généralement le salut, en particulier lorsque le cachet officiel est inopérant ou qu'une liste *platzt*. Cohn surtout se voit alors objet de sollicitude, mais son humble second aussi a reçu des propositions en argent ou en nature, qui ont fait tinter ses oreilles, avec un record, en espèces, de quarante mille florins, uniquement en vue d'une recommandation auprès du tout-puissant. Il y aura bien quelques dames qui détourneront la tête si jamais elles tombent sur moi dans Amsterdam-Zuid, mais le risque reste minime. Naturellement il y a des centaines de cas où c'est une affaire de vie ou de mort et ce sont surtout les cas limites qui cherchent à se protéger. Ils sont rayés de la liste des départs, et puis tout à coup ils y figurent de nouveau et cela deux, trois, quatre fois au cours d'un même lundi, et pour les mêmes personnes parfois de semaine en semaine jusqu'à ce que leur nom reste collé à une liste et que le départ soit inévitable, assez souvent à leur soulagement, souvent aussi ils sont à bout de résistance. Un jour ou l'autre le chat finit par attraper la souris, c'est la loi du camp n° ... j'en ai perdu le compte. Dans le block des immatriculations il va falloir répartir la grande liste sur des listes partielles, block par block, au milieu d'un pandémonium où se mêlent les cris, les marchandages, les supplications : une bourse des vies humaines. Cela dure ainsi jusque tard dans la soirée : généralement nous ne finissons que vers minuit et c'est alors que peut commencer la véritable nuit du convoi.

Ô nuit des nuits! J'ai de la peine à me représenter comment j'ai pu à chaque fois vivre ce cauchemar et je n'y réussis pas : si j'en étais capable, peut-être tomberais-je raide mort. Je puis seulement affirmer que depuis lors il ne subsiste rien de moi. Si je demeure vivant c'est en vertu d'une force que je n'identifie pas, que je ne suis pas en mesure de nommer. La nuit de la colère, la nuit du verdict. Moi-même il m'a fallu souvent dans ma baraque lire à haute voix la liste, et mes souvenirs sont précis : les premiers noms résonnaient dans le silence – l'Inconcevable antérieur à la Création n'a pas pu être plus silencieux; c'était comme si les sourds m'écoutaient, les aveugles me regardaient, tous figés dans une immobilité extrême. Elle était établie par ordre alphabétique, cette liste, mais personne n'y croyait vraiment; ce n'était que lorsque j'en avais terminé la lecture que cela se déchaînait. J'ai vu des gens danser de joie, comme poussés en rond par une force élémentaire, se donnant des baisers et se livrant à des attouchements obscènes; j'en ai vu d'autres comme éperdus, s'effondrer puis se relever et recommencer en se heurtant aux bancs, aux tables, aux murs, pour finalement rester à terre en agitant les bras et les jambes; j'ai vu une femme qui a mordu dans la carotide sa sœur qui ne figurait pas sur la liste d'appel et un homme qui se creva les yeux en ma présence, tandis qu'à trois pas de moi un autre sanglotait de bonheur. J'ai vu cela, moi-même je l'ai vu au cours de ces nuits de tourment, J'AI VU CELA.

Le cinquième acte se joue vers l'aube. Les condamnés ont plié bagage, soutenus et amplement pourvus de cadeaux par leurs compagnons plus chanceux. On s'écrira, on ne s'oubliera pas, on transmettra des salutations à ceux qui sont partis avant : « Si tu rencontres Rika là-bas... », c'est toujours « là-bas », jamais Auschwitz, jamais ce mot n'est prononcé, c'est « là-bas ».

Des gens d'humeur massacrante, des égoïstes forcenés deviennent pour quelques heures des Bons Samaritains. Puis le cortège se met en place devant le train : avec tous ces sacs à dos c'est le départ lugubre d'une *cour des miracles,* notre *Opéra de quat'sous.* Sur le quai, Schaufinger avec Bubi. Jusqu'au dernier moment on peut l'aborder; des messagers arrivent d'Amsterdam à l'ultime instant; les requêtes, il les lit avec la plus grande attention, car il connaît son devoir, mais il peut arriver qu'il soit distrait par Bubi, qu'une des feuilles alors s'envole, comme l'autre jour; quand je voulus la rattraper, il m'en dissuada d'un geste : le détachement personnifié. Avec raideur il laisse le cortège défiler devant lui : *morituri eum salutant* (ceux qui vont mourir le saluent). Mais je dois l'avouer, il est moins mauvais que nous, nous les MSW juifs. Car nous, nous n'éprouvons qu'un seul désir : celui de voir ce train partir au plus vite, que cela prenne fin, que nous puissions aller fumer bien au chaud dans nos bureaux la cigarette que nous n'avons pas le droit d'allumer ici; nous ressentons presque une sorte de rancune contre ces malchanceux qui dans leurs wagons à bestiaux s'accrochent encore à chaque minute qu'il leur est donné de vivre ici et qui attendent un miracle qui ne vient pas. Et lorsque, enfin, le train s'éloigne nous rentrons comme après un enterrement, gelés mais soulagés, avec une envie irrépressible de boire une tasse de café que nous débinons tout en l'ingurgitant. Et dans les blocks s'élèvent les mêmes contestations qu'auparavant, souvent à propos de la distribution des pauvres possessions abandonnées par ceux qui sont partis.

Il ne me reste que peu de temps. J'ai vu arriver dans la baraque une de mes anciennes connaissances, même si nous ne nous connaissions que superficiellement : la femme encore jeune d'un collègue dans ce monde antédiluvien qu'est maintenant pour moi le lycée. Une forte pression active la cuisson, en physique comme dans les relations humaines, aussi nous sommes-nous tutoyés tout de suite en nous appelant Dé et Jacques comme si c'était naturel. Dé a été arrêtée entre Amersfoort et Lunteren lors d'un contrôle de papiers d'identité. Elle se résigne, très courageusement, mais elle se fait beaucoup de soucis pour son mari : pourvu qu'il ne se fasse pas prendre par sa faute à elle. Tandis qu'elle coud un bouton à mon manteau, je cherche à lui insuffler du courage. Elle en a bien besoin, toute vaillante qu'elle soit; je le sens bien : « Citoyen Evrémonde, me permettez-vous de vous tenir la main tout à l'heure quand nous roulerons vers la guillotine? » Curieux détour : passer de Lamartine et Carlyle à Dickens, n'ai-je donc guère fait de progrès?

Ça fait trois semaines que je me suis mis pour

la première fois à ce travail. Ce fut après ce que Jacob appelle depuis lors la nuit d'Hérode, la nuit des orphelins. Au moins, de nos jours, un Flaubert n'a-t-il plus besoin de remonter jusqu'à Carthage pour décrire un sacrifice d'enfants, mais Frau Wirth ne ressemble nullement à Salammbô. Le plus horrible de tout fut encore, peut-être, le contraste entre ces enfants qui dormaient paisiblement et la course effrénée de leurs gardiens qui se précipitaient de tous côtés pour essayer d'en « couvrir » quelques-uns sur les centaines de condamnés. A cinq heures on les réveilla pour les expédier à l'abattoir. Il s'agissait, comme je l'ai signalé plus haut, d'orphelins qui avaient été *« schlagartig gefaszt »* (saisis d'un seul coup), en une seule action à l'échelon national. (« Oui, dit Jacob, répète donc ce mot tout simplement, sans qualificatif ».) Quelques-uns cherchèrent à se cacher, mais sur l'ordre de Cohn le S.O. se faisait fort de les débusquer tous. Pas tous, Jacob, Jacob, cette petite fille ne l'ai-je pas vue étendue sous une couchette, ou me le suis-je imaginé? Ce qui est certain, c'est que la petite Esther de Rosa ne se présenta pas au train et que Schaufinger la remplaça par un autre enfant qui, lui, avait été *gesperd* (couvert). Heureusement il affichait ce jour-là son humeur sereine habituelle, car la femme d'un de nos gendarmes se permit l'audace incroyable et périlleuse de prendre auprès de lui la défense de « ces pauvres petits orphelins » : c'était une femme assez fruste et costaude, susceptible à tout instant de sortir une stupidité et j'étais angoissé à l'extrême. *« Aber der Führer hat doch in Auschwitz seine Waisenhaüser bauen lassen »* (mais le Führer a bien fait construire à Auschwitz ses orphelinats), la rassura-t-il avec un léger ton de reproche. « *Ich werde Ihnen das letzte Foto des Führers zeigen, wie lieb er sich mit so'n Paar kleinen Mädchen unterhält. Er ist ein grosser Kinderfreund, das sollten Sie doch wissen* » (Je vous montrerai la dernière photo du Führer et vous verrez la gentillesse qu'il met à s'entretenir avec un de ces groupes de petites filles. Il aime beaucoup les enfants, vous devriez le savoir). Nous avons poussé un soupir de soulagement après cette longue tirade, car la dernière fois qu'une jeune femme non juive, que je connaissais, avait voulu prendre la défense d'un convoi d'enfants, il l'avait expédiée, munie d'une étoile, en affirmant : « *Diese Kinder können niemals zuviel Begleitung haben* » (Jamais on ne donnera trop de personnel d'accompagnement à ces enfants).

Cette fois-ci l'accompagnement était plutôt maigre, quelques personnes qui avaient encouru une sanction et un groupe d'épileptiques; ces enfants avaient vraiment une malchance exceptionnelle. Puis, au grand étonnement des assistants, survint Sonia Ptaznik, la fille dévoyée d'un médecin spécialiste exerçant quelque part dans la Gueldre, je crois. Elle était tombée si bas (c'est bien ainsi qu'on dit?) et elle affichait un tel cynisme, qu'au-dessus de son lit elle avait fixé un écriteau provenant de la consultation de son père et disant « Seulement sur rendez-vous ». Cohn dans son jargon l'avait appelée *Das Hormonium* et l'avait désignée déjà auparavant pour un convoi : elle avait passé cette nuit-là à tranquillement remmailler ses bas et, une fois sauvée miraculeusement du train par l'intervention de je ne sais qui à la dernière minute, elle avait repris son mode de vie. Sonia se mettait à la disposition de qui la payait, peu ou beaucoup. Elle était la roulure la plus lamentable du camp, lequel en cette matière ressemblait plus à Gomorrhe que je n'aurais pu me le figurer du temps où les femmes ne s'appelaient déjà plus Béatrice pour moi, mais encore Ninon. Sonia Ptaznik, la roulure du camp, toi aussi tu es une de mes petites sœurs juives, Sonia, toi tu as fait ce dont personne n'avait eu le courage cette nuit-là, tu t'es présentée spontanément pour accompagner ces orphelins abandonnés de tous. (« Jacob, toi tu es seul à savoir la honte que j'en ai éprouvée, moi qui n'ai fait que prendre un paquet de vêtements sous un lit pour un paquet de vêtements, même lorsqu'il sembla bouger tant soit peu dans la pénombre. »)

Lors de ma première tentative je n'ai pas pu, et de loin, arriver jusqu'à ce point de mon récit et la seconde a encore été un échec, au demeurant le jour après une nuit de convoi tout à fait banale, relativement paisible. En effet, que quelqu'un, une femme en l'occurrence, eût mis fin à ses jours, n'était pas un événement extraordinaire; il s'agissait même d'une de mes anciennes connaissances, Mlle Wolfson, elle qui, au lycée, dans la salle des professeurs, avait déclaré un jour qu'elle ne quitterait pas la Hollande, – affirmation qui avait eu valeur de serment – et elle avait tenu parole. En soi ce n'était pas très difficile, car il est parfois plus aisé de se procurer du cyanure que des légumes qui ne sont en vente pour nous autres que de trois à cinq. Je me souviens très bien de la fois où, juste avant de m'installer ici, j'étais tombé sur Sam Wolfson, le seul autre Juif de mon club d'étudiants, et, comme j'avais du temps devant moi, je l'avais accompagné, car il voulait me montrer quelque chose de plaisant. Et c'était vrai, en un sens, car dans le laboratoire improvisé qu'il s'était installé chez lui quand ses études de médecine avaient été interrompues, il avait réparti un kilo de ce poison (« emprunté à un pharmacien sympathique ») en cinq cents doses de deux grammes dans des tubes hermétiquement clos, dont il m'offrit tout de suite une demi-douzaine pour mon usage personnel ou pour d'autres candidats éventuels. Il me gratifia au surplus d'un cours miniature :

– Note bien, Jacques, toi qui n'es qu'un con de littéraire – excuse le pléonasme – le produit s'appelle HCN, cesse d'approuver de la tête, tu n'es pas tellement au courant. C'est un produit pour les nerfs dont tout manuel peut t'expliquer qu'il se fixe sur l'hémoglobine, et les globules rouges se mettent alors à refuser l'oxygène. Comprends-tu?

– Parfaitement, répondis-je.

– Parfaitement, railla-t-il. Ben toi, tu n'en es pas à un mensonge près. Mais tiens-toi le pour dit : si tu avales cette friandise, t'es fichu. Deux grammes me semblent faire bonne mesure mais à Dieu vat. En voici encore quelques-uns. De quoi en mettre à tous les *goyim* après la guerre sur leur croissant beurre. *Omijn!*

Car Sam était assez violent et avait en haine aussi bien les catholiques que les protestants.

Mlle Wolfson, qui se trouvait être une de ses tantes, disposait aussi d'une de ces capsules. « Par mesure de sécurité », elle la portait toujours dans son sac à main, et, au lycée déjà, pendant le cours d'algèbre, il lui suffisait d'y jeter un coup d'œil pour se sentir rassurée, à ce qu'elle disait. Elle en avait tiré cette certitude merveilleuse : « à moi, ils ne peuvent rien me faire ». Cette nuit-là elle en parla sans s'émouvoir, étant surtout intriguée parce qu'elle avait lu sur le mode d'emploi de conserver la capsule bien à l'abri de l'humidité et que maintenant elle devait l'avaler avec de l'eau. Au petit matin elle s'installa, à sa demande, en ma présence sur sa couchette et me fit signe, d'un visage impassible, presque détendu, de me rapprocher d'elle. « Monsieur Henriques, voulez-vous me faire une promesse, une seule. » Je fis un signe d'assentiment. « Sans restriction? » – « Sans restriction. » « D'accord (d'une voix toujours impassible, presque sourde) : s'il arrive ici un jour quelqu'un du nom de Frenkel, Frenkel avec un *e*, le docteur Karli Frenkel, il a la cinquantaine et il se trouve dans la clandestinité, mais si jamais il arrive ici, voulez-vous veiller un peu sur lui? » Je lui serrai la main en silence; hélas, ce n'est pas de sa faute ni de la mienne si tout ceci a un petit air *Manuel de Savoir-vivre;* de Mlle Wolfson, professeur d'algèbre, je pouvais difficilement m'attendre à la voir me demander de sacrifier un coq à Esculape. Elle ne prononça plus un mot, cassa résolument la capsule avec ses dents et avala le contenu avec énergie. Immédiatement elle porta la main à sa gorge (elle souffrait apparemment beaucoup), étouffa, haleta et une pâleur effrayante se répandit sur ses traits; bientôt elle perdit conscience. Quelques crampes encore, quelques tremblements, quelques contractions, et elle s'immobilisa. Georg avait été encore une fois bon prophète : il n'y aura pas eu de cours particuliers de Mlle Wolfson en échange de quelques bons de pain au marché noir. Mais elle n'était pas sortie des Pays-Bas, sur ce point c'est elle qui avait eu raison. Et aucun d'eux n'avait prévu que ce serait un jour moi qui lui fermerais les yeux. A sa place, naturellement, un autre monta dans le train. Pour respecter le nombre.

Je proposai à Dé une de mes capsules, mais elle refusa en m'opposant un argument qui dans sa banalité fit impression sur moi : « C'est toujours cinq minutes trop tôt. » Cela me frappa d'autant plus qu'elle et son mari portaient sur les poignets les cicatrices d'une tentative ratée en 1940. Je préfère quand même conserver ma provision.

Jusque-là la nuit avait été relativement normale, mais devant le train nous assistâmes à un petit événement. Ce matin-là Schwarz était présent dans le cadre de ses fonctions de *Diensleiter* en second, mais voilà que nous voyons aussi s'amener Lizzy Heine. Je les avais vus souvent ensemble, déambulant, lui un vrai dandy avec son pantalon gris perle, son nœud papillon et sa veste à carreaux, elle, sa cape de fourrure négligemment jetée sur les épaules, style Deauville. Cette fois encore elle se présenta impeccablement maquillée comme pour une fête. Plus tard j'ai appris que c'était malgré les objurgations de Schwarz et en comptant sur son crédit personnel auprès de Schaufinger qu'elle s'était permis une infraction à l'une des ordonnances les plus fondamentales du camp : pas de personnes non qualifiées lors du départ d'un train. Mais elle avait voulu s'offrir pour une fois cette sensation forte : elle s'ennuyait à Westerbork. Je n'en crus pas mes yeux et Cohn, qui n'était l'ami ni de Schwarz ni d'elle, sembla se pétrifier. Le drame se déroula en quelques minutes et je tenterai de le reproduire au moyen d'un monologue de Schaufinger, du moins est-ce ainsi que cela m'est resté dans la mémoire : *« Ach, Sie hier, Fraülein Heine! Sie haben keine Ahnung wie willkommen Sie sind! Von Herzen, von Herzen! »* (Ah, mademoiselle Heine, vous voici parmi nous. Vous n'avez pas idée à quel point vous êtes la bienvenue. Cordialement, très cordialement!) Elle eut un sourire de satisfaction, mais Schwarz, plus futé qu'elle, devenait blanc comme un linge. *« Und wie kamen Sie hierher? Wer hat Sie eingeladen Sie wissen doch. Ach, Herr Schwarz? So, So. Herr Schwarz verneint das? Na, das nenne ich sonderbar. Na, machen Sie keinen Zwist hier. Bitte, bitte, Ruhe! Nochmals, Sie hören doch : RUHE! Und sagen Sie mir doch : warum wollten Sie ausgerechnet in aller Frühe schon hierher kommen? Sie hätten sich doch schonen sollen für unser Kabarett! Ach so, Sie wollten sich die Sache hier mal ansehen? Ja, das verstehe ich; greif nur hinein ins volle Menschenleben, nicht? Sie brauchen sich nicht zu entschuldigen, bitte, bitte. »* Il eut un sourire attendri. *« Aber Sie sehen hier nur die Hälfte, Sie sollten das Ganze anschauen, das Ganze. Bitte, bitte. »* (Et qu'est-ce qui vous amène ici? Qui vous a invitée? Vous savez pourtant... Ah, c'est M. Schwarz? Ah oui! M. Schwarz le nie? Ça c'est curieux, à mon avis. Allons, ne vous disputez pas ici. S'il vous plaît, s'il vous plaît, du calme! Je répète, vous m'entendez pourtant, DU CALME! Et racontez-moi donc, pourquoi avez-vous voulu venir ici précisément au petit matin? Vous auriez dû vous ménager dans l'intérêt de notre cabaret. Ah oui, vous vouliez vous en faire une idée? Oui, je peux comprendre ça : vous plonger en plein dans la vie, n'est-ce pas? Pas la peine de vous excuser. S'il vous plaît. (...) Mais ici vous n'en voyez que la moitié. C'est l'ensemble que vous devriez voir, l'ensemble. S'il vous plaît.) Je ne sais toujours pas comment il s'y prit, mais il la saisit par le poignet et tandis qu'elle, ne sachant à quel saint se vouer, n'offrait aucune résistance, il la poussa dans le wagon. *« Und Herr Schwarz, ich darf Sie auch wohl bitten? »* (Et, monsieur Schwarz, puis-je vous inviter aussi à...?) Celui-là il n'eut même pas à le toucher, car il la suivit tête basse; j'aperçus encore son nœud papillon sous son col ouvert. *« Das Fraülein wird zweifellos in Auschwitz auch wohl singen können. »* (La demoiselle trouvera certainement moyen de chanter à Auschwitz remarqua Schaufinger en s'adressant à nous tandis que le train s'ébranlait.) *« Eine Stimme wie eine Nachtigall, wie eine Nachtigall sage ich Ihnen! »* (Une voix comme celle d'un rossignol, d'un rossignol, c'est moi qui vous le dis.) Cohn hocha la tête en silence, car il était profondément choqué, non en raison de Schwarz naturellement, mais en raison de Cohn. Le numéro deux dans la hiérarchie, le dauphin de Westerbork, précipité dans le vide comme Icare; un avertissement. « Oh, Suasso, soupira-t-il, en rentrant vers notre bureau, ne verrons-nous donc jamais la fin de cette guerre? » Pendant toute la journée il ne fut pas à prendre avec des pincettes.

Et la troisième nuit, la nuit de ma propre chute? (« chute », insiste Jacob). Elle fut encore moins spectaculaire que la précédente, même si j'y fus personnellement impliqué. Sans Hirsch ce ne serait jamais arrivé, c'est certain. Depuis le début de la semaine je savais que le *rebbe* et sa famille feraient partie du convoi suivant parce que sa liste – le pauvre, même lui figurait sur une liste – avait *geplatzt* à La Haye. Je le savais et lui aussi le savait. Naturellement je fis une tentative en sa faveur auprès de Cohn, mais il se montra tout à fait intraitable. Il commença par me faire marcher un peu et me demanda ce que je pensais de Léa, la courageuse petite mère de famille qui était dans le block 16 avec ses jumeaux. Et lorsque je rejetai cette accusation avec indignation, il commença à s'informer si ce « M. Hirsch » s'était déjà entretenu avec moi sur les Pharisiens au cours de son « catéchisme » (il y avait donc eu quelqu'un pour faire un rapport sur nous), puis il me tint un petit discours assez semblable à celui qu'il m'avait tenu lors de notre première entrevue, insistant un peu plus lourdement sur le thème bien connu de la rigueur et de l'obéissance aveugle et soulignant le danger qui me menacerait si je n'obéissais pas à ses ordres. Ensuite, il me fit part des bruits qui couraient selon lesquels le *rebbe* et les Juifs des convois suivants seraient dirigés non sur Auschwitz, mais sur un camp qui s'appelait quelque chose comme Sobibor, sur lequel personne n'avait de renseignements bien précis, mais qui devait être une sorte de *Vernichtungslager* (camp d'extermination), dont la nature et les méthodes appliquées en vue de cette extermination restaient inconnues. Il ne pouvait m'en dire plus et j'ai eu tendance – je le fais encore – à prendre tout ça pour des histoires à dormir debout et une intimidation : si vraiment les Allemands veulent nous anéantir, pourquoi ne le feraient-ils pas ici ? Pourquoi gaspiller une quantité incroyable de personnel et de matériel à ces convois alors qu'ils ont tellement besoin de chaque soldat et de chaque wagon ? (« Réfléchis bien là-dessus », dit Jacob.)

Quoi qu'il en soit, Cohn ne fit rien. Cette nuit-là je fus contraint de lire la liste dans le block 57 et je vis qu'il y figurait : Jeremiah Hirsch, né le 16 mars 1910. Il venait donc d'avoir trente-trois ans. Je prononçai son nom et, de l'abîme de silence, n'émergea qu'une seule voix : *« Hinnemi »* – me voici, mot que je saisis actuellement. Ce fut sa réponse, extraite de la Genèse, du fond des temps. Je l'ai aidé à emballer ses affaires dans son sac à dos; lui, il me consolait, Jeremiah, mon ami, mon frère. Au petit matin le travail de routine : le cortège qui s'ébranle en direction du train, et lui, au milieu, avec sa Léa et ses enfants, un garçon et une fillette de sept ans, entourés d'une foule de parents et d'enfants. Il marchait avec peine : il boitait et le sac à dos pesait lourdement; peut-être renfermait-il plus de livres qu'à l'ordinaire, bien qu'il tînt à la main le petit livre noir que je l'avais vu manier si souvent : un sac à dos peut se perdre. Sur le quai il trébucha et laissa s'échapper le petit livre : il se pencha avec toutes les peines du monde (oh, ce sac à dos!) pour le ramasser, mais Cohn le devança et, envoyant promener le livre d'un coup de pied, entraîna le *rebbe* brutalement vers le wagon. Au cours d'un court échange de paroles il trouva encore moyen de le gifler et de provoquer un saignement de nez, tandis que Schaufinger riait en regardant la scène. Alors tout se passa plus vite que je ne saurais le dire : je me précipitai sur Cohn, le frappai de toutes mes forces au visage, ramassai le petit livre et le rendis au *rebbe*. J'eus encore le temps de me rendre compte que, debout dans la porte du wagon, il posa un instant ses mains sur ma tête en murmurant quelques paroles que je ne compris pas alors, mais dont je saisis le sens à l'heure actuelle. Ce ne fut qu'en cet instant que j'entendis l'éclat de rire de Schaufinger qui se battait les flancs : *« Na, Cohn, sind Sie also auch nichts mehr als ein kleiner Yid! »* (Somme toute, Cohn, vous aussi vous n'êtes rien de plus qu'un petit youpin.) Cohn, blême, écumant de rage, hurla un ordre à quelques S.O. qui bientôt avec force horions me précipitèrent dans ce block. Peut-être est-ce mon propre sang qui tache mon manteau, mais je n'en suis pas si sûr que ça... Voilà tout, absolument tout, je n'ai rien omis, je n'ai rien ajouté; c'est ce que j'ai fait, ou c'est ce à quoi j'ai contribué, ce qui m'a été infligé : oui, c'est tout.

Ainsi j'ai quand même achevé mon entreprise. Même Dé a encore pu lire le texte, avant que tout à l'heure il soit sorti du block. Le problème est fait, sa solution est trouvée, bonne ou mauvaise.

Elle resta longtemps à regarder devant elle. Puis elle s'est dirigée vers moi et m'a passé la main dans les cheveux.

– Alors, Dé? Allons, dis quelque chose, allons!

Elle sourit : « Demain quand nous serons dans le train. Il faut encore que j'assimile tout ça, et il reste tant de questions. Par exemple, pourquoi as-tu frappé Cohn et non Schaufinger? Non, ce n'est pas la peine d'essayer : demain dans le train. Dans le train vers Sobibor. De toute façon, je te restitue à partir de maintenant ton vrai prénom : Jacob. »

CET OUVRAGE
A ÉTÉ COMPOSÉ
ET ACHEVÉ D'IMPRIMER
PAR L'IMPRIMERIE FLOCH
À MAYENNE EN AVRIL 1990

N° d'éd. 85. N° d'impr. 29090.
D.L. : avril 1990.
(Imprimé en France)